Rudolf Tarnow

In 't Johr Tweidusend

Rudolf Tarnow

In 't Johr Tweidusend

Burrkäwers

aus nachgelassenen Papieren

Herausgegeben von Arnold Hückstädt

Konrad Reich Verlag Rostock

2. Auflage 1994

Ausstattung: Heike Bräuer
Gesamtherstellung: Clausen & Bosse, Leck
Printed in Germany
ISBN 3-86167-037-2

Inhalt

De Nijohrsreis'

In en lütt Stadt, ick will s' nich nennen,
Dor liehrt ick enen Schoster kennen,
En' Schoster, wie 't nich väle gift;
Denn all's, wat disse Mann bedrift,
Dat weet he enen Schick to gäben,
Datt, wer 'n nich kennt, in'n ganzen Läben
Up den Gedanken nie verföllt
Un em bloss för 'n Schoster hölt.
Nanu! Dat sall 'n Schoster sien?
Ick glöft', de Mann wier ut Berlin!
Man konn em ihrä för so 'n ollen
Verpanschonirten Oberst hollen.

Ji söllt mal mienen Schoster sehn,
Wie he adrett geiht up de Been
Un wie he sienen Snurrbort strickt
Un wie he mastig üm sick kickt!
För Knäp un Ränk, dor schwarmt he sihr,
Doch kümmt em ener in die Quier
Un will mit em mal 'n Witz riskiern,
Na, de kann sick man gratuliern!
Jäjo, mien Schoster weet Bescheed,
He weet sogor, wat Bildung heet;
Drüm geiht in' Schummern he spaziern
Un abends gor politisiern!

In en Sak bloss, lat' mi nich leegen,
Is he grar as sien Zunftkollegen,
Süht man em doch den Schoster an:
En Schoster furchtbor äten kann!
In 't Äten kann em keener faten,
He hett noch nie wat äwrig laten.
To 't Äten ward ok 'n Lütten niffelt
Un is mien Schoster denn bezwiffelt,
Denn stürt he oftmals in de Ruh,
De längst all slöppt, sien leewe Fru.
Un heff de beid sick süß ok girn,
Hieröwer würd'n s' sick oft vertürn.
Wenn drüm uns' Schoster mal so recht
Sien' swachen Leichnam plägen möcht,
Denn blift he nich in sienen Urt,
Denn geiht 't nah Hamborg, Lübeck furt.
Dor ward sick dägt de Brill insmiert
Un wat noch wierä so passiert.

Un nu, leew Läser, kümmt dat Spill,
Wat ick di grar vertell'n will!
Wie 't enen süß so kloken Mann
Doch up 'ne Lustreis' gahn kann.

Sylvester keem dat werrä so,
He trök sick an Poor nige Schoh,
So richtig nah de nigste Mod,
De Afsatz breed un recht kommod,

Köft sick 'n Schirm un 'n nigen Hoot
Un trök sick an den Paletot
Un börr sick 'ne Havanna an
Un trehr 'ne Reis' nah Hamborg an.
Grad Hamborg, dat geföll em sihr.
De Nacht güng dat nu lustig her,
Mien Schoster höll bi all's sick ran
Un makte stets den noblen Mann,
Sogor in Chambre separee,
(Dunn wier all Leutnant he a. D.).
Un söp un freet nu ungeniert,
Weil em hierbi sien Fru nich stürt.
Toletzt wörr he doch hellisch stief,
So datt, as he so hennä fief
Mit Mäuh un Not sien Gasthus fünn,
He ok nich mal mihr äten künn.
He krawwelt sick denn in sien Bett
Un dacht bi sick: Hüt wier 't mal nett,
Hier kann man sick doch amüsiern!
Sowat kann 'ck nich to Hus riskiern,
Dor süht man mi as Schoster an,
Un hier späl ick den feinen Mann.

Dorbi wörr he sick drup besinnen,
Dat in de Stuw sien Schoh noch stünnen.
Un wie 't för 'n Schoster sick gehürt,
Wiern blanke Schoh sien Steckenpierd.
Ok wüßt he von een' Fründ bät'n fien,

Wie dat in so 'n Hotel deiht sien:
In so 'n Hotel kriegt man 'ne Ihr,
As wär man halber Milljonier.
Es bückt sich vor dir groß un klein,
Sogor dien Stäwel maken s' rein;
Man stellt se abends up den Gang,
Un morgens sünd s' denn blitzeblank. –
Uns' Schoster krüppt nu ut sien Pöhl
Un sett't sien Schohtüg up de Dähl
Un deckt sick werrä to den Magen
Un füng bald gruglich an to sagen.
So hen tau twölben wök he op.
O Jemine, brummt em de Kopp!
He wüßt erst gor nich, wo he wier,
Dit keem em all komisch för.
Dit könn doch nich sien Slapstuw sien,
In'n Bedd mit bunte Treckgardin
Un sien leew Fru wier gor nich dor?
Na, endlich wörr dat em denn klor,
Dat he in Hamborg sick befünn
Un dat de Klock up twölw all stünn.
Na, denn rasch rut un angetreckt,
Wie mi woll nu dat Äten smeckt!
He wüsch sick rasch, spölt sick de Kähl
Un güng up Söcken nah de Dähl,
Üm dor sien blanken Schoh to drapen. –
Vör Schreck reet he dat Mul wiet apen,
Em öwerleep dat heet und kolt;

He wier doch nu ok all so olt,
Doch dat wier em noch nie passiert
Un harr 't ok nie un narnich hürt,
Dat nige Schoh in en poor Stunnen
Intweiige Stiefeletten warden kunnen.
Denn up den ganzen langen Flur
Wier von ein Schoh ok nich 'ne Spur.
Mien Schoster smeet nu wutentbrannt
De Stiefeletten an de Wand
Un host'te nu ut vulle Kähl
Ganz schaurig up de lange Dähl:
„Zum Dunnernarrn noch mal to!
Dat sünd doch nich mien nigen Schoh!
De Hacken scheef, intwei de Snut,
De sehn jo ganz erbärmlich ut.
De Sahlen sünd all ganz dörchlopen,
Dat Poor, dat paßt nich mal tohopen.
Un ick as Mann von Professchon
Un denn so 'n Schohtüg? – Wat 'n
Hohn!
Nu wull ick hüt recht promeniern
Un mien nig' Schoh spaziernführn,
Un nu kümmt dit! Na dit's toväl!"
He bölkte nu ut vulle Kähl
Un schimpt un flucht un spuckt un hoste,
Dat allens henstörkt nah den Schoster.
Un nu füng en Spektakel an:
,Er wäre stets ein nobler Mann

Und gäbe grad auf Schuhzeug sehr,
Doch das beleidigt seine Ehr,
Gegen so'ns schwaches Poor Pampuschen
Sien nigen Schoh em ümtautuschen!
Sofort verlangt he siene Schoh!'
Un wat säd nu de Wirt dorto?
Jä, to dit Larm' un to dit Bullern,
Dor trök mien Wirt bloss mit de Schullern
Un säd to em: „Mein lieber Mann,
Ziehn Sie die Schuh' man ruhig an.
Glaub'n Sie, daß wir hier Schuhe stehlen?
In so 'n Hotel? Das müßt' noch fehlen!
Und den Skandal verbitt' ich mir,
Nur feine Gäste wohnen hier!"

Un dormit wörr he wierä gahn
Un mienen Schoster leet he stahn.
Na de, de wier nu ganz verdutzt,
De Kirl, de harr em schön afputzt.
Un babendrin sien Schoh verliern,
Na, dat söll em bloss ens passiern!
„Keen Pird hölt mi in dit Hotel,
Ick sök mi 'n anner up de Stell!"
Doch leider wier dat Sündagsroh
Un somit alle Ladens to,
Un mien arm Schoster mößt de ollen
Intweiigen Schoh nu doch behollen.
Na, nu güng 't Schohantrecken los,

Doch leider paßt de en man bloß
Un dordörch bloss, dat dörch de Snut
De grote Tehn keek buten rut.
De anner Schoh wier väl to lütt.
„To'n Dunnerknütt, wu geiht mi dit“,
So schimpt de Schoster vör sick dal,
„Ick wull, dat di de Deuwel hal!“

He trök un trök, bet sick toletzt
Sien Foot harr glücklich rinnerquetscht.
Un werrä keek mien Schoster dann
Sien sonderbores Schohpoor an
Un schürrt den Kopp: „Mit so'ne Been
Mößt man mi bloss to Hus mal seh'n.
Doch hier bloss weg! Mi knurrt de Maag!“
So humpelt he an' helling' Dag
De Straten dal nah'n annern Kroog.
„Na, argert hef 'ck mi hüt all noog.
To'n Anfang wier dit all so'n bäten;
Nu äwer will 'ck irst düchtig äten.“
He wörr bi 'n Kellner nu bestellen:
En Tass Bouillon, poor Frikadellen,
En Gullasch un en Kalwsfilet,
Toletzt sur Aal noch in Gelee,
Un weil he brukt keen Geld to schonen,
Bestellt von all's he twee Potschonen.
Un weil dat süß to drög wörr sien,
Bestellt he ok twee Buddel Wien.

As all's so schön nu vör em steiht,
Ganz lising dunn de Döhr up geiht.
En Kirl kümmt rin un nimmt ganz still
Sien' Hoot von' Haken. – „Wat de will",
Denkt sick mien Schoster, „so 'n Patron!
Wat hett de mit mien' Hoot to dohn?"
Doch eins, zwei, drei treckt sick diss' Mann
Sienen Öwertrecker ok noch an,
Un, wuppdi! is he ut de Döhr.
Na, dit Stück kränkt den Schoster sihr,
Irst mobsen s' em de nigen Schoh
Un nu noch Hoot und Paletot.
Wenn 't so wörr länger wieregahn,
Wörr he bald nakt in Hamborg stahn.
He also nah un makt Hallo
In barsten Kopp un tweiig Schoh.
Un wörr 'ne Jagd nu in die Straten,
Jedoch, de Kirl leet sick nich faten.
Mien Schoster löp sick ganz in' Draf,
De Sweet, de klackt em man so af.
Un as he nich mihr lopen künn,
Stünn he as Borrer an de Sünn.
Un hunnert Jungs stünn' bi em rüm.
„Hä", seggt mien Schoster, jappt nah Aten,
„Den Kirl – den krieg – ick nich – to faten!
Dor lopt doch, Jungs! Willt ji mal lopen,
Wat staht ji süß hier alltohopen!
Ji Spitzbobenpack!" röppt he vull Wut.

Jedoch dat Jungsvolk lacht em ut
Un röp: „Lop du doch, Humpelpoot!
Dien Humpeln steiht di jo ganz goot!"
Na, nu güng 't los mit Schimp un Hohn.
Mien Schoster? Jä, wat söll he dohn?
He mößt wohrhaftig ohne Hoot
Un ohne sienen Paletot
Nah dat verdammtig Gasthus gahn,
Sien Middag wörr jo dor noch stahn.
Nu dit Malür! Dat schöne Äten
All's kolt un talgig man so 'n bäten.
Toirst plagt em de Hunger sihr,
Doch dorvon spürt he nu nix mihr.
De Hunger un dat Knurrn in' Magen
Wier bi de Jagderie verflagen.
He sett't sick still up 't Sofa dal
Un öwerlär den Kram noch mal:
He harr den ganzen Mod verlurn,
Hier harr sick all's gegen em verswurn.
Sien Schohtüg drückt em ok so sihr,
Drüm glöft he, datt dat Best woll wier,
Wenn he sick enen Hoot wörr pumpen,
Süss höll man em jo för'n Lumpen,
Un wenn he trügg nah Mudding führ,
Denn utgahn möch' he nu nich mihr!
Gedacht, gedahn. Hen nah de Bahn
Wörr ganz geknickt de Schoster gahn.
In Büchen harr he Upentholt.

Nu wier dat Nijohr tämlich kolt,
Drüm wull mien Fründ wat Warmes
drinken
Un wörr nah 'n Wartehall henhinken.
„Sie, Kellner, einen steifen Grog!"
De Hoot up 'n Kopp un an den Rock,
Den Rägenschirm dicht bi de Hand
Un mit 'n Puckel an de Wand,
So, denkt mien Schoster, möcht' mal sehn,
Wat mi nu hier noch könn geschehn!
Doch all's gung goot, he drünk den Grog,
Un as sowiet nu wier de Klock,
Datt bald de Zug mößt wierägahn,
Dunn stünn he up un leet nix stahn.
Nee, sienen Schirm, den nehm he mit,
Un güng mit sienen Humpelschritt
Nah'n Zug un klarret in 't Kupee.
De Zug geiht af! Doch, achherrje!
He ward so wiss den Schirm ansehn
Un wör ganz blaß. Na, dat wier schön,
Den nigen Schirm leet he stahn
Un wier mit 'n ganzen ollen afgahn!
He schürrt den Kopp in enen furt,
Keek vör sick dal un sär keen Wurt
Un dacht bi sick: „Ick glöf gewiß,
Datt mi hüt etwas andahn is."
Un as he utsteeg, sär he sick:
„Nee, rinner gahn, dat kannst du nich!"

He mößt sick also ’n Fuhrwark kriegen
Un wörr denn dor nu rinnerstiegen
Un trök sick die Gardinen vör
Un föhr direkt bet vör sien Döhr.
Doch unnerwägens dehr he ’n Swur:
„Dit is mien letzte Nijohrstur,
Den irsten Dag in ’t nige Johr
Wier ick bald barst un nakt in’n Hoor
To mien leew Mudding werräkamen,
Mien schönes Tüg, dat hemm s’ mi nahmen!
Un bün doch süß ok nich de Mann,
Den up de Näs man spälen kann.
Doch hüt is mien Latinsch to Enn’,
Man goot, datt mi de Lüd nich kenn’.
Un kam ’ck mal werrä in de Lag,
Datt mi so jörkt un knurrt de Mag,
Denn gah ick nich nah Hamborg furt,
Denn bliw ick hier in mienen Urt,
Denn süß könnt’ schließlich mal passiern
Un warr mi ganz un gor verliern.

De afgeblitzte Verlawung

In 't Lurwigsluster Regiment,
Dor deent upstunds en Mann,
Den jeder Minsch von Ansehn kennt,
De sick ok sehn lat'n kann.
En Mann, as ut 'n Ei gepellt,
„Zum Küssen“ – „zum Verlieben!“
Un wenn 't nich wierä wörr vertellt,
Möcht ick em woll beschrieben:

He hett ganz gnätern swartes Hoor,
Bäten faltig näbenbi,
Un mit sien brunes Ogenpoor,
Dor glupt he wie noch nie.
Bäten fettig is ok oft sien Hut,
As mit 'ne Swoar afräben,
En Krüllhoor-Snurbort üm de Snut.
Kann 't woll wat Hübschres gäben?

Nu kümmt sien Bost! O, wat 'ne Bost,
Un wie he dormit prangt!
Se hett em ok väl Geld all kost,
Wat „Watten“ anbelangt.
Un Bost un Buk, dat is all en!
Dann kümmt de „Hinterhand“

Un denn de wohlgeformten Been.
Is Juch diss Mann bekannt?

Un wenn man em irst räden hürt,
Wat weet de Mann Bescheid!
Wat du vertellst, is all nix wiert,
Dien Dummheit deiht em leed.
He weet sogor latin'sche Wür,
Harr ok Französch' twee Stund'n.
Un kennt in jeden Stall de Pier
Un drifft Naturheilkund'n.

Un up de Strat söllt ji em sehn
In 'n griesen Paletot,
Wie smitt he dor mit siene Been,
As hürr em alles to.
Sien Og', dat glupt von unnen rup
De Damen bet in 't Hart,
Un de he nich ankieken deiht,
De argern sick half swart.

Up en Stell ward sogor vertellt,
Dat he bescheiden is
Un sick bi Friebier nie instellt,
Doch dit weet 'ck nich gewiß.
Jedoch *dat* jeder glöben kann:
Wenn man ok stund'lang löppt,
Dat son'nen wunderschönen Mann
Man selten hüt noch dröppt.

He makt ok öwerall bekannt
Sien Utsicht, sien Karriere;
Drum hemm' sick, dat liggt up de Hand,
De Damen üm em sihr.
Doch he seggt sick: „Dat wier noch gor,
Mi allerhübschsten Mann."
Vertellt hüt hier un morgen dor,
Wen' he all triegen kann.

Up jeder Strat, up jeden Ball
Nah em bloß allens kickt.
Von 't Kieken wörr sogor en mall
Un is noch hüt verrückt.
Doch unser Fründ, he lächelt bloß:
„Wie sich dies alles fügt,
Mir fallen die Damen so in' Schoß.
Ein Blick nur, der genügt.

Wenn ich drum an ein Mägdelein
Mein teures Herz verschenke,
Dann muß vor allem Geld da sein,
Daran zuerst ich denke.
Und darauf kommt ein hübsch Gesicht,
Doch sollt' ihr dieses fehlen,
So schad't das nichts, doch darf sie nicht
Mit Eifersucht mich quälen."

So kürt he hier, so kürt he dor,
He wier för all to schad,
Un nehm he en, denn wier dat klor
Von em ’ne grote Gnad.
Denn en harr dit, de anner dat,
De drürr nich satt to äten.
Un von de vierte sprök man wat,
Un so kreg jede ’n bäten.

As nülich nu Sylvester keem
Un alls fiert Nijohrhunnert,
Uns’ Fründ ok enen to sick nehm
(Ümsünst, wat mi sihr wunnert!).
Un dorbi keem em ’ne Idee
– De Punsch steeg all nah baben –:
Dat müßt ganz nüdlich sien, wenn he
Mit ’n Mal sick wörr verlaben.

De Tofall wull, dat up de Stär,
Wo he Sylvester fiert,
Sick ok ’ne Dam uphollen dehr,
De em all lang poussiert.
He sett’ sick nu in Positur
Un smeet up ehr enen Blick.
He wüßt jo, dörch sien hübsch Figur
Wier wegg in em se gliek.

Dat nächst' wier, dat to 't nige Johr
He mößt 'n Glückwunsch schrieben.
He schref nich enen, nee, gliek poor;
He wollt' mit Macht bedrieben.
Ahn Unnerschrift, so schickt he se.
De Dam, de markt ok fien,
Datt unsern Fründ bloß sön' Idee
Künn tototrugen sien.

De Dochter wier em nu gewiß,
Nu keem de Swiegeroll;
Vör den harr he noch bäten Schiß.
Doch wat de wohl noch woll?!
In Druhnehorst, bi bayrisch Bier,
Makt he sick bi em ran
Un prahlte, wat för 'n Kirl he wier.
Doch de? De kennt sien' Mann!

Mit Swiegermurrer nehm he 't licht,
De könn sick jo bloß freuden,
Wenn son' Mann ehr Dochter kriggt,
Wat wörrn s' de all beneiden.
In 't letzte Abonnements-Konzert,
Dor störkt he up ehr dal,
Hett Danz för Danz mit ehr afperrt,
All's keek un lacht' in' Saal!

Un jeden, de dat weeten wull,
Kohlt he sien Liebschaft vör.
He wier för Lew mit 'n Mal ganz dull
Un slöp nachts gor nich mihr.
Mit jeden, de 't nich glöben dehr,
Werrt he, sien Lew wier echt.
Un werrt üm Wien un Syferns Bier,
Sovål man supen möcht.
Un endlich keem de Dag heran,
Wo he ehr sülwstens schrew:
„Er wäre doch der schönste Mann
Un harr ehr ok ganz leef."
Un kohlte so veer Siden dal
Von Lew un Seligkeit,
In 'n Stil, as man em jedesmal
In 'n Brefsteller finden deiht.

Un werrer dröhnt he öwerall
Von sien Verlawung bloß;
Denn Ja säd he up jeden Fall,
Bi ehr wier jo nix los.
Doch bi sien Swiegerollen güng
Dat so nich wierer furt;
In Tokunft all's von em afhüng,
He führt von jetzt dat Wurt.
Dree Dag' wier'n so vöröwer gahn,

Dunn keem von ehr en Bref.
He makt em up un blew still stahn,
De Sak güng doch nich schef?
Kort wier de Antwurt, de dor stünn:
„Up em se gor nix gew
Un allens för em hägen künn,
Doch bloß keen Spur von Lew!“

Dit wier ’n Stück! So ’n hübschen Mann
Mit ’n nigen, griesen Paletot,
Wie man keenen tweeten finden kann,
Un so ’n Mann, den kümmt man so?
He schimpt nu los up ehr un lög
Un leet an ehr keen godes Hoor.
Un datt en jeder Ahnung kreeg,
Sett’t he dat in de Zeitung gor.

He harr dat bloß ut Mitleid dahn,
Datt he anspraken harr,
He wier ok nich von sülwst hengahn,
Denn wier he jo ’n Narr.
Se harr ehr „liebeglühend Herz“
All ens em wollt updrängen,
Un he künn jeder Tiet, ahn Scherz,
Selbst den Vermittler seggen.

Dit wier to dull! Den annern Dag,
As kum upgahn de Sünn,
Kümmt Swiegermurrer un makt Krach,
Datt 't enen jammern künn!
Wat säd se em för Smeicheleien,
Dat wörr binah to hart.
Un babendrin, dat wier nich fein,
In Tügen Gegenwart.

Un dunn keem de Vermittler an,
Oha, wat sprök de lut:
„Se segg'n, ick späl den Twischenmann
Un wüßt för Se 'ne Brut?
Se sünd jo ganz charakterlos!
Ein Waschweib, wie noch nie!
Bi Se sünd woll poor Schruben los,
Un nu verklagen S' mi!"

Un unser Fründ, wat säd denn de?
Jä, ick heff gor nix hürt.
As rein de Luft wier, dunn säd he,
Dat Strieden wier nix wiert.
„Up Schimpwür gäw ick gor nix mihr,
Mien Trost is ümmer noch:
Kam ick ok manchen ‚trostlos' vör,
De Hübschte bliew ick doch!"

Sylvester 1900

Verstäken achtern Durnenrämel
Sitt Matten Haas un Lieschen Kreih.
Un Haas vertellt 'n langen Strämel
Un dröhnt noch sünst von allerlei.

He weit hüt gor tau väl tau seggen,
De Uhren fleigen em man so. –
De Kreih lett mulsch den Snawel hängen
Un nickköppt höchstens mal dorto.

„Na", seggt de Haas, „nu ward 't noch dümmer.
Hüt ward dor in de Zeitung stahn,
Dat oll Johrhunnert wier nu rümmer
Un morgen füng dat nige an.

Dat 's nich andem! Dat lat 'ck nich gellen,
Dat sick de Minschen so blamier'n!
De könn'n woll nich bet Hunnert tellen,
Wi möten beid mal protestier'n!"

Doch Lieschen garkt: „Ick ward mi häuden!
Wat gelt mi 't nig Johrhunnert an!
Wi blieben dorüm liekers Kreihden,
Un Ji kamt liekers in de Pann!"

Papagei-Knäp

Barbierer Krus to Doberan
Harr in sien Stuw' en Burken stahn
Mit 'n Papagei, de spräken dehr
Un allerhand Vertellers sär.
He flög nie weg, wier flünkenlahm,
Güng fri ümher und wier ganz frahm.

Wenn ener nu bi Krusen kem,
Dat disser em den Bort afnehm,
Denn würr de irst nah Jako gahn,
De mößt denn Räd un Antwurt stahn.
So hürte Jako manche Saken,
De bi 't Rasieren würden spraken.
To'n Bispill, würr dor wer rasiert
Un wull denn Krus, as sick dat hürt,
Den Seepenschum noch runnerwischen,
Denn zaffelt Jako gliek dortwischen;
Denn mancher säd doch af und an:
„Dat lat man, Krus! O, lat doch man!"
Dit harr nu Jako gliek behollen
Un säd to jeden, Jung' un Ollen,
Keem ener nah sien Burken ran:
„O, lat doch man! O, lat doch man!"

Un noch en' Snack harr Jako lihrt,
Un den harr he von Krusen hürt.
Denn grar so, as oll Krus wier plietsch,
So wier oll Krusen-Mudder niedsch
Up Klöterie un Brutgeschichten.
Un würr ehr Mann mal weck berichten,
Säd as Belag he to sien Fru:
„Jä, Mudder Krus'sch, wat seggst denn nu?"
De Deuwel hal! Von alltohopen
Künn Jako dit am besten ropen.
Un wier de Stuw mal ollig vull,
Denn sackeriert he rein as dull
Un ümmer blots von Krus sien Fru:
„Jä! Mudder Krus'sch! Wat seggst denn nu?"
De Kunden lachten sick half dal,
Un Mudder Krus wier 't sihr fatal.

Ens würr dat Krus'sch denn doch toväl;
He röp un kriescht ut vuller Kähl
Un stürt all Nachts ehr in de Ruh
Mit: „Mudder Krus'sch! Wat seggst denn nu?"
So künn dat doch nich wierer blieben,
Dor wull s' em doch mal 'n P vörschrieben.
Se halt em ut dat Burken rut
Un slög em up de krumme Snut
Un fohrt em an: „Töw, nu ist 't all!

Nu spunn 'ck di in den Häuhnerstall,
Dor ward di woll de Lust vergahn,
Dor unnerholl di mit den Hahn!"

Un Krus'sch, de deiht 't! – Wenn he ok bitt,
Uns' Jako in den Stall rin mütt.
Dor smitt s' em botz in 't Haferstroh
Un Hahn un Häuhner kieken to.
„Süso!" seggt Krus'sch, un slütt de Dör
Un schüwt den Knäwel ok noch vör
Un högte sick in ehren Sinn
Un geiht nah Krusen Vadder rin.

Up enmal ward 't en grot Geschrieg,
As wier in'n Häuhnerstall de Krieg,
As hal de Voß de Häuhner all,
Un Krus uns Krus'sch rönn'n nah den Stall.
Se rieten rasch die Stalldör apen.
Ick denk, de Slag sall beide drapen.
Denn as se nah den Wiemen gahn,
Hett Jako ehren groten Hahn
In 't Nackhoor all bi de Slafitten
Un ward em up den Puckel sitten
Un sackeriert so rasch he kann:
„O, lat doch man! O, lat doch man!
Na, lat doch blot!" so ward he bäden

Un will afslut den Hahnen träden.
De äwer makt jo grot Hallo,
Denn alle Häuhner kieken to.

Se, Krus'sch, ward blaß un werrer rot,
Un he, Krus, denkt, wat ward dit blot!
As Jako süht de beiden stahn,
Dunn stiggt he runner von den Hahn
Un ward nu mit de Flünken weihden
Un fängt denn lurhals an to kreiden
Un seggt ganz drög to Krus sien Fru:
„Jä! Mudder Krus'sch, wat seggst denn nu?"

Stief gliek

De Adebor to Groten-Dahmen
Wier werrer mal bi Schulten kamen
Un harr de söwte Diern em bröcht,
Na, Schultenvadder keek nich slecht.
Doch hülp dat nich, he müßt sick faten,
He müßt s' jo doch beliggen laten.
He güng nu hen nah Paster Rieben,
De söll s' in 't Kirchenbauk anschrieben.
„Na, Schult!" seggt Riew, „nun sünd 's
schon sieben,
Das ist doch bißchen arg getrieben.
Nein, schweigt man still, ich weiß genau,
Ihr halt't woll nichts von Eurer Frau!" –
„Na, hüren S'! Herr Paster, nu ward 't
rieten,
Dat hett mi keener vörtosmieten!
Von Sei harr 'ck dat all gor nich dacht,
Ich hew blot söben, un Sei hemm' acht!" –
„Das stimmt", seggt Riew, „doch meine
Triebe,
Die stamm'n aus reiner Herzensliebe." –
„Un wi", seggt Schult, „süll Sei wer fragen,
Wi hemm' uns dorbi ok nich slagen!"

De nige Hoot

Von Pöhl ut wier mal Jochen Klähn
Nah Wismar feuhrt, üm bi sien' Söhn
Den Heiligabend to verläben. –
Dags harr hei sick nu rümmerdräben
Un in de Ladenfinstern käken
Un hier un dor de Näs rinstäken
Un dorbi wier dat schummern worden.
Un bi dat Gahn un Rümmertorren
Keem he ok nah de Stadtkirch ran,
Un dor güng grad de Vesper an.

„Sü!" dacht nu Jochen, „dit is Plan,
Hier sast du doch mal rinnergahn,
Up disse Wis' kannst du noch liern,
Wu s' in de Stadtkirch sick gebiern.
Denn wie ick hürt heff von Bekannten,
Sünd s' hier ganz anners as up 'n Landen."

Un Jochen güng nu rin un söcht
Sick grad so'n Platz, wie hei em möcht;
Grad vör 't Altor de irste Reig,
Dat hei ok jo den Paster seihg.
Hei müch giern seihn, wat einer sprök.
Un sienen Hoot, den to'n Besök
Sien Söhn spandiert harr as Geschenk,

Den läd he bi sick up de Bänk;
Un dorup bädte Jochen still
Un halt sick rut sien Kirchenbrill.

Harrje! Wat wier dat ein Gewöhl!
Dat wier jo düller as up Pöhl!
Wat strömten hier för Lüd' tosamen,
Wo wullten de blot ünnerkamen!
Dat schöw sick in de Gäng' ümher
Un Plätze gew dat längst nich mihr,
Dit gung jo woll maläw' nich got.
Hüt drückten s' sicher noch weck dot.
Nah dissen kamt to rechten Tiet,
Uns' Kirchweg is dreimal so wiet.
Un Jochen högt sick, dat hei seet,
Un läd' sick trügg un mök sick breit.

Nu füng de Örgel an to spälen,
Un mächtig ut de dusend Kählen
Steeg de Gesang, de olle Mär:
„Vom Himmel hoch, da komm' ich her!"
Un schön un fierlich wier dit,
Un Jochen Klähn süng tapfer mit.

Up eins würr dörch de Minschenmengen
Sö'n forschen Kirl sick wierer drängen.
De wier all öllerig bi Johren

Mit griesen Bort un witte Hooren.
Doch seeg man an sien Rümmerkieken,
Mit den wier nich got Kirschenplücken.
Un Stadtrat Buller heet de Mann,
Un de 't nich wüßt, de seeg 't em an.

Herr Stadtrat harr to lang' töwt
Un söcht nu rümmer, wiel he glöwt',
Dat doch en Lock noch apen wier,
Denn för dat Stahn wier he nich sihr.
Un as bi Jochen in de Reeg'
He rinnerkeek un söcht, dor seeg'
He denn ok bald de lerrig Städ,
Wo Jochen sienen Hoot henläd.

He also ran un räd't em an:
„Hier 's wohl noch Platz, mein lieber Mann!
Sie rücken wohl so viel zur Seite,
Wir sind ja beide schlanke Leute."
Doch Jochen rüppt un rögt sick nich,
Dit wier em hellisch gegen Strich.
Hier seet he so bequem bi 't Singen.
Un wat em stürt vör allen Dingen,
Hei harr den schönen Platz sick söcht
Un näben sick den Hoot henleggt,
Hei wull man dauhn, as hürt hei nich,
Un süng nu recht andächtiglich:

„So merket nun das Zeichen recht…“.
„Mir scheint ’s, der Bauer hört wohl
schlecht“,
Denkt Buller, „muß wohl lauter schrein:
Sie! Mann! Ich möcht’ da gerne rein!
Der Hut gehört nicht auf die Bank,
Hier macht sich jeder dünn und schlank,
Und einer geht noch gut hinein!“ –

„Dess laßt uns alle fröhlich sein!“
Singt Jochen Klähn un folgt de Händen
Un kickt vull Andacht nah de Wänden.
Un spreckt de Stadtrat noch so lur,
Um desto düller singt de Bur.

„Zum Donnerwetter noch einmal!“
Schimpt Buller, „dies is ja ein Skandal!
Muß man sich noch in alten Tagen
Mit Bauern in der Kirch’ rumplagen!
Sie! Mann! Da ist ja noch ein Loch,
So rücken Sie beiseite doch!
Weiß Gott! Der Pisang tut es nicht,
Das ist doch wirklich lächerlich,
Der tut ja grade, wie ’s ihm paßt…“.

„Nun sei willkomm’n, du edler Gast!“
Un Jochen Klähn verschütt keen Mienen,
Un allens fangt all an to grienen.

Nu ward dat Stadtrat Bullern rieten,
Den Kierl mößt man jo rutersmieten!
Doch leider dörft hei 't nich riskieren.
Ja, wenn sei in de Kirch nich wiern,
Denn süll mal blot die Buer seihn,
Denn mök hei em mal läufig Bein.
Doch hier, wat hülp dat alltosamen,
Hier dörft' hei em nich stricpig kamen.
Viellicht noch kreeg hei em torecht,
Wenn hei 't up plattdütsch mal versöcht:
„Sei! Will' Sei sick nu bald bequemen?
Sei söllen den Hoot dor runnernähmen!
Sei hemm doch hürt, ick will dor sitten!"
Un kriggt den Bur bi de Slafitten:
„Dor nähmen S' doch Sei Ehrn Deckel raf!"

Na, nu künnt' Jochen nich mihr af,
Nu harr he von dat Queesen noog.
He treckt de Ogenbranen hoch
Un stütt' de Händen up den Schoot
Un dreiht sick rüm un kickt den Mann
Sick mal von unnen bet baben an
Un wiest up sienen nigen Hoot,
Un nochmals munstert he den Ollen
Un fröggt den höhnsch: „Will' Sei em hollen?"

Dat Klappnest

In Parchen wier Martinimark.
Oll Bur Dahl ut Lutheran
Wier ok mit sienen Knecht hengahn
Un wull verköpen dor 'ne Stark
Un uterdem poor Mandel Eier.
Sien Stark wörr he denn ok bald los
Un harr nu noch de Eier bloß,
Un de bröcht he nah Kopmann Dreyer,
Bi den he stets to'n Köpen keem
Un de dorför sien Eier nehm.
Diss Dreyer wier nu sö'n Patron,
De für sien Läben girn möcht necken
Un wenn dat güng, de Lüd uptrecken,
Un wörr dit ok bi Dahlen dohn.
„Na, Dahl!" seggt he, „so lang nich sehn.
Wu geiht 't denn noch?" – „Jä, up twei Bein!
Wu sall uns dat woll anners gahn.
Bi uns dor but'n in Lutheran,
Dor is noch allens bi'n Ollen,
Bloß Stanck is mal von' Balken follen,
doch nu 's he ok all werrer up."
„Denn schick em man bäten Höhnersupp",
Seggt Dreyer, „denn Du weeßt doch, Dahl,

Wenn ener kümmt to liggen mal,
Denn kriggt de ümmer suppig Äten.“ –
„Ach wat! Du foppst doch ümmer ’n bäten,
Du büst un bliffst de olle Dreyer.
Hier bring ick Di poor Mandel Eier,
Dorför kannst Du mi Maisschroot gäben,
Un nahsten möt’n w’ ok woll so äben
Up ’n Weg uns mak’n nah Lutheran.“
„Wat, Dahl! Du wust gliek werrer gahn?
Dat kümmt doch süß bi Di nich vör!
Na, denn giff mal Dien Eier her!
Mihr sünd dat nich, as bloß twee Mandel?
Na, dat ’s nu grad keen groten Handel,
Wo blieft Ji mit de anner Eier?
Dit is doch kum dat Bringen wirt,
De annern heft Ji woll vertiehrt?“ –
„Ach wo!“ seggt Dahl, „wat glöwst Du, Dreyer,
De Eiertid is nu vörbi.
Jäja, jija! Leeg dat an mi?
De ollen Häuhner will’ nich leggen!“ –
„So?“ seggt nu Dreyer, „weeßt Du, Dahl,
Dor kann ’ck Di ’n schönes Middel seggen,
Wonah so ’n Hohn dat Leggen kriggt.
Dat Middel is man bannig licht,
Ick rar Di dat – versök dat mal.“ –
„Wat is denn dat?“ fröggt mien oll Bur.

Mien' Dreyer wörr dat bannig sur,
In sien Vertellen irnst to blieben
Un wörr dat Middel nu beschrieben:
„Dat Middel, weeßt Du, is en Nest,
Von Ansehn grad, as Du se hest.
In'n Borrn blot, verstah mi recht,
Dor is 'ne lütte Klapp anbröcht,
Un an de Klapp, dor sitt 'ne Fedder,
Un ünner steiht 'ne Kist vull Heu.
Sett't sick dat Hohn in 't Nest nu wedder
Un sitt un drückt un leggt en Ei,
Den föllt dit Ei grad up de Klapp.
De Fedder ünn', de seggt den snapp,
De Klapp geiht dal, un eins zwei drei
Föllt denn dat Ei in 't weeke Heu.
De Klapp, de geiht den werrer hoch.
Denkt nu dat Hohn, nu is 't woll noog,
Ick glöw, nu ward de Tied woll langen,
Nu kann 'ck woll an to kakeln fangen
Un ward sick denn nah 't Ei ümsehn:
Wat is denn dat? Dor liggt jo keen,
Ick meint, ick harr doch lang noog säten,
Denn heff 'ck dat Legg'n woll rein vergäten!
Un sett't sick hierup werrer dal
Un leggt 'n Ei to'n tweiten Mal.
Un 'n dummes Hohn, dat hölt sick ran
Un leggt so lang, bet 't nich mihr kann. –

Sö'n Nest, leew Dahl, dat is wat wirt.
Hest Du dorvon noch narnich hürt?
Du kannst Di sülwst von öwertügen,
Bi Dankert sünd se hier to kriegen,
Un hest Du denn mal recht väl Eier,
Ick kööp se all – Du kennst jo Dreyer."

De Bur, de glöwt dit Wurt för Wurt
Un denkt: de Welt geiht wierer furt,
Dat gifft ja all 'ne Brutmaschin,
Denn kann ok dit woll möglich sien.
Un ihr' he güng nah Lutheran,
Wörr he noch irst nah Dankert gahn
Un frög dor nah 'n Klappnest an.
Doch Dankert lacht: „Mien leiwer Mann,
Nu segg'n S' mal bloß, wer säd Sei dat?
De hett Se schön to'n Griesen hatt.
Denn sowat ward'n wi nie erläben,
Klappnester hett 't noch niemals gäben."
Na töw, oll Dreyer! schimpt nu Dahl,
Dit striek 'ck di an, dat paßt sick mal!

En halwes Johr wier so vergahn,
Dunn kümmt oll Dahl ut Lutheran
Un ditmal hoch to Wag' un Pird
Bi Dreyern werrer vörgeführt.
„Na, Dahl?" seggt Dreyer, „ok bät'n hier?

Ick dacht binah, Du läwst nich mihr!
Du leetst Di jo so lang' nich sehn!" –
„Jä, weeßt Du, Dreyer, mien oll Bein,
De ward dat End all bannig sur,
Dat is bet hier 'ne ganze Tur.
Drüm kam ick hüt mit Wag' un Pird,
Hüt ist dat ok dat Föhren wirt.
Ick harr noch so väl Eier liggen
Un wull Di hüt 'ne Kist vull bringen." –
„Dat freut mi, Dahl! Dat paßt nich slecht,
De Posten kümmt mi grad to recht.
Ick lat de Kist gliek rinnerhalen
Un ward Di denn ok gliek betahlen."

De Kist kümmt rin. – „Wat grienst Du, Dahl?
Wat makst Du för 'n Gesicht mit 'n Mal?"
„Herrje!" röppt Dreyer, „wat is dit?
De Eier sünd mi väl to lütt,
Dat sünd jo luter Kükeneier!" –
„Dor irrst Du Di, mien leiwer Dreyer,
Dor irrst Du Di!" so antwurt't Dahl,
„Wat sädst Du mi bi 't letzte Mal?
Wat hest Du von dat Klappnest seggt?
De Dinger sünd, weiß Gott, nich slecht,
In mienen ganzen Häuhnerstall
Hett jedes Hauhn sien Klappnest all,
Un leggen dauhn se rein as dull,

De Kist is jeden Dag hoch vull!
Blot enen Fähler hemm' de Eier,
Dat ahnst' Du damals nich, lew Dreyer!
Doch künnst Du Di dat sülwst woll seggen:
Denn kümmt so 'n Hauhn nu irst in 't
Leggen,
Denn geiht dat nich ut 't Nest mihr rut,
Un nich en Ei wasst richtig ut.
Dat warden luter Kükeneier.
Du hest dorvon den Schaden, Dreyer!
Du sädst jo damals, wenn dat schaff',
Denn nehmst Du se mit Kußhand af.
Hier sünd se nu – und drüm, oll Fründ,
Mößt Du se nähmen, wie se sünd.
Lütt sünd se man, doch weeßt Du, Dreyer,
Dorför sünd dat ok Klappnesteier!"

De Seepenpill

Oll Schulten-Dürt wrüng sick de Mag',
Se harr sick in de Wihnachsdag'
Den Magen so vull Koken proppt,
Dat sei wier heil un deil verstoppt
Un künn sick kum vör Weihdag rögen.

Se leet sick all von Wittsch beswögen,
Un Swartsch mößt ehr den Inschott stillen,
Un Bäkmannsch bröcht ehr Sweizerpillen,
Un Klattsch besprök ehr de Kolik,
Un Petersch halte Is von 'n Diek,
Un Homuthsch dehr de Räwkoh striken. –

Indeß de Weihdag wull nich wieken.
Dor slög nix an, keen Is, keen Snei,
Keen Strieken, keen Kamellentee.
De Weihdag seet entschieden deeper.
Se frögen nu den ollen Scheeper,
Wat he von disse Krankheit höl. –

„Jä“, seggt oll Struck, „ick heff 'n Töhl,
De litt sihr oft an dissen Schaden,
Hett de dat Liw sick öwerladen,

Denn fangt he sick to wöltern an
Un dat he hölt so 'n Stund'nlang an,
Doch dornah pleggt dat aftotrecken,
Wi künnten dat jo mal versöken."

„Ji sünd woll mall!" röppt Schulten-Dürt,
„Dat hew 'ck mien Läwdag noch nich hürt,
Datt dat nah 't Wöltern bärer ward.
Mien Mag is as so'n Brett so hart,
Ick holt nich ut, ick holt nich ut!
Ach, halt doch blots den Dokter rut!
Ick bün jo woll heil starbenskrank!"

Harrje! Dor föhrt de Dokter lang.
„Herr Dokter! Kamen S' blot rasch rin,
Oll Schulten-Dürt kümmt schrecklich üm!"
De Dokter kümmt. – „Na, Schulten-Dürt?
Wat is denn hüt mit Sei passiert?
Wo fählt Sei 't denn? Wo deiht 't denn weih?
Wie wörr 't denn nah Kamellentee?"

„Herr Dokter! Ach, mien Mag', mien Mag'!
Wat hew ick blots för Magweihdag!
Ick glöw, mit mi is 't all heil leeg!
Ich harr so'n schönen Kaukendeeg,
De Kauken wier so schön geraden,
Dor hew ick woll so niedsch in äten

Un mi den Magen öwerladen.
An'n Magen lied ick öfters bäten,
De Nahwern hemm all so väl bröcht
Un stillt un räben – ach, is mi slecht!
Ick glöw binah, dat geiht to En'n."

De Dokter fött ehr an de Händ'n
Un kickt un föhlt un horcht un kloppt:
„Sei sünd jo fürchterlich verstoppt!
Hier gaht man blots mit Jug Gestill,
Hier helpt nix as 'ne Seepenpill!
Denn söll' J' man seihn! In fief Minuten
Hemm wi de ganz Beschierung buten.
So 'n rundes spitzes Seepenstück,
So 'n Pill, so as mien Dumen dick!
Un datt se ollich rutschen deiht,
In Boomöl ollich ümgedreiht!
Un wenn de irst keen Wirkung hett,
Denn gliek de tweete nahgesett't,
Un nu Adschüß! – God Bädernis!"

Harrje! Wie doch so'n Dokter is!
De weet doch furtsen, wat he will.
Na, denn man an de Seepenpill!
Wer kennt so 'n Ding, wu süht de ut?
De wascht woll all's ut 'n Magen rut!
Doch von de Frugens alltosamen

Harr Seepenpill'n noch keener nahmen,
Harr so en Pill noch keener sehn.
Na, Seep in 'n Hus' harr jedereen,
Denn bringt mal her so 'n gadlich Stück!
Wat säd he? As so 'n Dumen dick?
Denn paßt dit Stück woll all von Läng'n.
„Du, Dürten, kannst von Glück nahseggen,
Dröpst grad den Dokter vör de Dör."

Nu bringt mal bäten Boomöl her
Un makt de Pill man ollich rund!
„So, Schulten-Dürt, nu stäk s' in 'n Mund!
Du dörfst se äwer jo nich kaugen!
Wat schad't Di, Dürt? Lat doch dat
Haugen!
Ganz heel mößt Du se runnerslucken,
Dat is mal so bi 't Pillenbruken,
Denn helpen s' Di ok allemal!
So, Dürt, nu sluck, nu sluck doch dal!"

„Ach", stähnt oll Dürt, „ick hew all noog,
De Pill kümmt sicher werrer hoch.
De 's väl to dick, ja, väl to väl,
De geiht miendag nich dörch de Kähl.
Dor sitt s' all fast! Ick stick, ick stick!
Ick säd jo gliek, de wier to dick,
Nu bliwwt se mi in'n Hals bisitten." –

Quuck! Seggt dat dunn un noch so'n lütten:
„Mien Lävdag ät 'ck keenen Koken mihr!"
Quuck! Seggt dat werrer – örx! hinnerher.

„So sluck doch, Dürten! Sluck doch bloß,
Sast seihn, nu warst du allens los!"

Dürt quellen de Ogen as 'n Kräwt,
So wat harr noch keen Minsch biläwt.
Bald ward se rot, bald ward se witt,
Un all de Wiwer slucken mit.
Noch enmal quuckt dat, dunn is 't still,
Rin in den Magen rutscht de Pill. –
Un von diss' Mittel alltohopen
Kreeg Dürten nu mit 'n Mal dat Lopen.
Un alle Wiwer freuten sick.
Dat wier doch würklich 'n narrsches Stück!
So 'n Seepenpill süll doch man gellen,
Un jeden wullten se 't vertellen:
So 'n Pill binehm gliek Druck un Weih! –

Jä! Keem 't ok von Kamellentee? –

An'n Nahmiddag, so henne vier,
Kümmt denn de Dokter werrer vör:
„Na, Schulten-Dürt? Wie würd 't denn
gahn?

Hett denn de Pill ehr Wirkung dahn?“
„Ach ja! Herr Dokter! All’s wat recht!
De Pillen sünd gewiß nich slecht,
Doch von Gesmack sünd s’ gor nich schön,
Von Seepenpill’n mag ’ck nix mihr sehn,
Ick würr binah dat Bräken kriegen!“

„Wat!“ würr de Dokter ludhals schriegen,
„Wat hür ick hier für narrsche Saken!
Se hemm’ de doch nich öwerslaken?
Pfui Deubel ok! Jo, dor hemm’ S’ recht!
Dat glöw ’ck Se to, dat smeckt woll slecht.
To’n Innähm’n sünd de nich to bruken.
Wie künn’ Se de woll öwerslucken!
Pfui Deubel, ja! Dor söll S’ woll bräken!

De ward’n nich hier, nee, hier rinstäken!“

De Rinnfall

Großvadder seet an'n warmen Aben
Recht mollig in de Schummerstund'n
Un harr sien Tunnerpiep in'n Mund'n
Un dicht bi sick de Weeg ranschaben,
In de dat lüttste Bröring leeg,
Wat lütt Johann irst körtlich kreeg,
Un lütt Johann seet up sien Knei.
Se dröhnten nu von allerlei.
So 'n Görnvolk hett jo väl to fragen
Von 'n Wihnachtsmann un Pier un Wagen,
Von 'n Bulemann un Wadermöhm
Un wo de väle Snei herkeem
Un sließlich ok von 'n Aderbor.
Großvadding mök nu Hanning klor,
Dat disse harr lütt Bröring bröcht
Un ut den Diek em ruter söcht.
Dor slöpen de lütt Brörings all,
Bet dat se Aderborre hal.
„Ut unsen Diek?" frög lütt Johann
Un keek em von de Siet so an
Un schürrt den Kopp: „Großvadding, nee!
De ganze Diek liggt hoch vull Snei,
Un tofrorn is he ganz un gor
Un dat nu bald 'n Verteljohr.

Wu hett he em denn ruterkrägen?
Nee, nee, Großvadding, dat sünd Lögen!" –
Großvadding wörr denn nu gewohr,
Dit wier en Rinnfall apenbor.
De Jung wier klöker as he dacht.
He keek nu Hanning an un lacht
Un mößt em utenanner düden,
Dat in de kollen Wintertieden
Un wenn de Diek mal tofrorn wier,
Denn güng dat Aderborren slecht,
Denn halt he se wid, wid von hier,
Un so harr he ok Bröring bröcht.

„Ganz wid von hier?" frög lütt Johann
Un keek nu Bröring mißtrusch an.
„Großvadding, nee! Ick glöw keen Wurt;
Uns' Aderborre von den Diek,
De trök jo all Micheli furt,
Wat bröcht he Bröring dunn nich gliek?"

Un werrer keek he in de Weeg,
Wo Bröring in sien Unschuld leeg,
Un keek, as wier em wat nich klor,
Großvadding nah de witten Hoor.
Denn keek he werrer Bröring an.
Up enmal frög mien lütt Johann:

„Großvadding, Du! Du segg doch mal,
Wovon is denn Dien Kopp so kahl?
Ick heff doch Hoor un Du hest keen?“
„Jä! Hanning! Doran kannst Du sehn,
Dat Dien Großvadding olt all ward,
Ja, früher heff ick ock weck hatt,
Grar so wie Du, so brun und dick.
Doch ward man irst so olt as ick,
Denn ward'n se gries un gahen ut,
Weeßt nu Bescheid, Du Düffersnut?“ –
„Du büst all olt?“ seggt lütt Johann
Un kickt Großvadding listig an.
„Na, wovon mag denn dat bloß kamen,
Du hest in 'n Mund jo gor keen Tähnen,
De fählen Di jo alltosamen?“ –
„Ach, Jung, nu lat man bald Dien Drähnen,
Du hürst dat jo, ick bün all olt;
Dat is nu mal so bi uns Ollen,
De sünd mi all all ruterfollen.“

Dit grad harr Hanning weiten wollt.
„Süso! Dor hemm' wi jo den Tee!
Ick säd, de Diek leeg hoch vull Snei,
De nigen Brörings, de dort liggen,
Kann Adebor irst Ostern bringen.
Du hest Di öwer mi irst lacht,

Ick äwer heff mi gliek dat dacht,
Dat hier de Sak nich richtig wier.
He halt se denn von utwarts her? –
De Sak wier mi all gliek nich klor.
Mien Bröring hett keen Tähn, keen Hoor,
Un denn seggst Du, he ist ganz ni?
Großvadding! Oh, wie dumm sünd Ji!
Wat ward de Aderbor sick högen,
Du dachst, wi harrn 'n nigen krägen?
Nee, ümgekihrt! 'n ganzen ollen!
Dor sünd wi schön mit rinnerfollen!"

Dat verdreihte Gesangbauk

Daglöhner Schütt un Lischen Mahn,
De warden vör dat Altor stahn
Un will'n sick in de Frieg begäben.
De Herr Pastur, de will nu äben
Sick mit sien Fragen an ehr wenden,
Dunn kickt he Lischen up de Händen
Un kriggt tau seihn, wo is 't mögelig,
So wat seeg he sien Läwdag nich:
Oll Lischen höl ehr Bauk verkihrt.
„Lisch", seggt he, datt dat keiner hürt,
„Sie halten ja das Buch verdreht,
Die Schrift ja auf dem Kopfe steht." –
„Nee, Herr Pastur", seggt Schütt dunn wichtig,
„Mein Lischen hält ihr Buch ganz richtig,
Weil sie 's nich anners halten kann,
Sie is ja linksch von Kind auf an."

Dat Examen

Dor kloppt wat an de Häbendör,
Fief Murerseelen stahn dorför.
Sankt Peter kümmt in 'n Slaprock rut:
„Nanu, wer kloppt denn dor so lut?
Seggt irst mal, ihr 'ck jug rinner lat,
Wat hett jug för 'ne Krankheit schad't?"

„Mi hett 't malürt", vertellt de ein,
„Mi föl up 'n Kopp ein Muerstein."
„Kumm rin, mien Söhn, kumm rin, is good,
Das ist doch mal ein ihrlich Dod."

„Ick", seggt de tweit, „harr 'n Mißgeschick,
Föl duhn in 'n Rönnstein, brök dat Genick!"
„Hm-hm, so-so, na bliew man hier,
Tau supen giwt dat hier nix mihr."

„Mit mi", säd de drüdd, „is 't trurig west,
Ick bün bi 't Richtelbier verdöst't."
„Minsch, bannig snaksch kümmt mi dat vör,
Na, kumm man rinner in de Dör."

De viert vertellt: „Mi hett so sweit't,
Weit blot nich wu de Krankheit heit."
„Von Murersweit höllst hier de Snut,
Noch ein so'n Lög, denn flüggst Du rut."

De letzt: „Ick würd mi mächtig schinnen,
Dod arbeit't hew ick mi dor ünnen."
„Du Lump, wat lüggst Du dor tausam?
Dit stinkt tau dull nah Düwelskram.
Wenn Du di rinnerleigen wist,
Denn bliw Du Aas man, wo Du büst!"

De Immenkur

„Nee, Nahwer Kurn“, seggt Bäudner Prütz,
„Wat hew ick Weihdag in dat Krüz!
Wat is dat einmal för ’ne Plag!
Nu ligg ick all an vierteihn Dag’,
Kann mi nich rüppeln un nich rögen,
Un dauh ick mi ’n bäten bögen,
Denn is ’t ein Stäken un ein Rieten,
Ick möt woll rein in ’t Graw noch bieten!“

„Jä, Nahwer Prütz“, seggt Hüsler Kurn,
„Dit kann ’ne ganze Tied noch durn;
Wenn dat ierst einmal sitten deiht,
Denn sitt ’t ok wiß, ick weit Bescheid,
De Krüzweihdag’, de hett ehr Stuken.
Ick würd doch Simpetie mal bruken,
Ick krieg mitünner ok so’n Tur,
Denn gah ick nah mien Immenschur
Un lat mi von ’ne Imm mal stäken,
Denn pleggt de Weihdag’ aftautrecken;
Künnst Du dat ok nich mal versöken?“

Ick glöw, dat lett sick nich mihr röken,
Ick glöw binah all, Nahwer Kurn,

Dat is mi einmal angeburn;
Doch wenn Du 't meinst, denn will ick giern,
Ick will giern all's un all's probiern,
Mit Immen hew ick 't noch nich dahn,
Denn lat uns furts mal runnergahn!"
Un Prütz ward sick sien Büx herkriegen
Un mit sien Weihdag' rinnerstiegen,
Un ward em dat ok hellisch sur,
He quält sick hen nah 't Immenschur.

„So", seggt nu Kurn, „nu bück di mal
Un lat de Hos' mal bäten dal
Un mak dat hinnen ollich fri,
Süß fleigen s' an dat Flag vörbi;
Ick will mal mit 'n Stock in purren,
Denn warr'n de Oes' woll ruterburren."
Dit deiht denn nu ok Nahwer Prütz
Un hölt den glatten blanken Stütz
An 't Spuntlock ranne ohne Murren,
Un Nahwer Kurn fangt an tau purren.

De Immen warden falsch dorbi
Von wägen disse Purrerie
Un störken ruter as verdull,
Un ehr oll Prütz sick dat versüht
Un rasch de Büx tauhöchten tüht,

Sitt ok de Stütz all gnäternvull.
Dat steckt un jöckt un jörkt un bitt. –
„Au!“ bölkt oll Prütz, „wat is denn dit!“
Un richt sick nu tauhöchten fix
Un rönnt denn mit sien apen Büx
As unklauk dörch de Gordenpurt
Un bölkt un schriet in einen furt.
Dicht an de Dörpstrat leeg de Diek,
Un Prützen Vader störkt nu gliek
Koppheister in dat Water rinner
Un dükert hinnen ümmer ünner
Un schürt sick vör den Büxenborn,
Dat wier woll doch tau striepig wordn.

„Nu paß mal up“, seggt Nahwer Kurn,
„Dien Krüzweih hett sick nu verlurn,
Vör Morgentau is anner Wäder,
Sast seihn, denn is Di ganz Deil bäder;
De Immen hemm ehr Sak nu dahn,
Nu öwer mößt Du liggen gahn.“
Prütz öwer stähnt: „O Lüd un Kinner!“
Un krüppt denn in de Posen ünner.

Na, annern Dag, as ’t Middag wier,
Kickt Kurn bi Vadder Prützen vör:
„Nanu?“ seggt he „wat sall dit heiten,

Du liggst ja noch? Ward Di nich sweiten?
Dien Krüzweihdag' is doch vergahn,
Dor treck man fix de Hosen an!"

„Ach", jammert Prütz, „dat is 't man äben,
De Krüzweihdag' hett sick woll gäben.
In 't Krüz is mi nu ollich sacht,
Wi hemm man an den Swulst nich dacht,
Nu is de Sak noch äbenso,
Nu krieg 'ck vör Swulst de Büx nich tau;
De ganze Weihdag' ut dat Krüz,
De sitt nu ünnen in den Stütz,
De Hut, de is so stramm as Ledder,
Kumm Du mi blot mit Immen wedder!"

Dei einzigst Rettung

De Müßer Buer, oll Jochen Diehn,
Dat würr sön richtig Speckbuer sien!
Väl Gild! Väl Veih! Un ok väl Dreck!
Grar as sön Pürrick in den Speck
Müßt Jochen sick dörch 't Läben fräten
Un harr sick nix up 'n Liew bi räten.
Wat würd hei mit dat Mul lickmünden,
Wenn up den Disch dei Spiesen stünden.
Apptiet – den harr hei alle Dag,
As wier em holl-boll in de Mag;
Güng dat man glatt em dörch dei Kähl,
Denn künn dat noch so'n Hümpel sien,
Denn blew nix nah bi Jochen Diehn,
All's freet hei up mit Stump un Stähl.
Un 't Mulwark güng denn hen un her,
As wenn dat blot to'n Fräten wier.
So wier denn Jochen gaud bi Schick
Un upp un dupp gliek rund un dick!
So harr hei dat all johrlang dräben
Un wier dor gaud gesund bi bläben!
Nu öwer harr hei all poor Dag
Sön Druck un Wäuhlen in dei Mag.
Dat wull nich so, as hei woll möcht;

Un Jochen wier dat gor nich recht,
Denn nu kem grad dei Schlachtertied
Un Festdag' wieren ok nich wied,
Un dat wier nu doch rein tau dull.
Hei eet nix – un wier liekers vull.
Un ein Gebuller in den Magen, –
Hei müßt mal rein den Doktor fragen.
Hei also henn nah Dokter Smidten:
„Herr Doktor! Ick hew 't hier so sitten!
Ick drünk all poormal'n groten Sluck!
Ick weit nich mal – ick hew sön Druck –
Un denn dat Slimmst! – Ick kann nich äten!
Un ät ick würklich mal ein bäten,
Gliek hew 'ck sön Wöhlen in dei Mag
Un krieg ganz schändlich Magweihdag!
Dei Winden willen nich miehr gahn,
Dat is rein weg up'n Kopp tau stahn!"
Oll Dokter Smidt, dei kennt all Diehnen
Un kriggt dat Högen un dat Grienen:
„Jä! Jochen! Wat nützt all dat Schellen;
Sei möten mi mal fix vertellen,
Wat Sei den Dag so öwer drieben!"
„Dat kann 'ck Sei ganz genau beschrieben:
So henne nägen stah ick up,
Denn ät ick ierst mien Klütersupp
Mit Klüters in un Eier mang.

Na! Dorvon is mien Mag nich krank.
Dat is mien Magen all gewohnt,
In disse Wies' ward hei noch schont.
Un nahstens ward denn Frühstück äten
Un dor so'n drürrhalf Stund'n bi säten;
Un denn kümmt ok bald Middagbrod,
Dat deiht för'n ganzen Dag mi god. –
Dei Middagsmahltied, möt ick seggen,
Dei treckt sick bäten in dei Längen,
Doch denn hew 'ck so bet dreien noog!
Ick gah denn höchstens mal nah 'n Kroog
Un drink dor 'n half Stieg Seidel Bier,
Dat hölt denn so bet achten vör,
Denn so Klock 8 giwt Abendbrod;
Stück Schinken, Eier, Snut un Poot
Un Wust un Köhm un Kees un Fisch,
Denn mak ick ümmer reiden Disch!
Ein Mahltied möt doch ollich sien!
Klock nägen stieg ick denn to Kahn
Un hew denn so mien Dagwark dahn!"
„Wo'st mäglich! Jä! Mien leiwer Diehn!"
Seggt Dokter Smidt, „denn weit 'ck
Bescheid,
Hm – hm – jä Diehn, – dat deiht mi leid! –
Un wie is dei Verdauung denn?"
„O – hen un wenn gah 'ck ok mal hen!"
„Ok mal?! Jä Diehn! Dor hemm wi 't jo!

Denn helpt dor wierer gor nix to,
Denn möt 'ck Sei bäten öperieren!"
Nanu! – Wat würr sick Diehn verfiehrn.
„Wuans? – Wat sall denn dat bedüden?
Sei will'n mi doch nich etwa snieden?"
„Jä! Jochen!" – lacht nu Dokter Smidt,
„Dei einzigst Rettung bliwt Sei dit!
Rin geit dat all woll in dei Mag,
Doch wo sall 't rut? Dat is dei Frag!
Up ein Flag möt 't doch werrer rut!
Un dor süht 't bi Sei miesig ut.
Bi sön Gefrät, mien leiwer Diehn!
Möt dat all'n ollig Gatlock sien.
Un so kann sick dat hinn'n nich wieden,
Ick möt Sei ein lütt Notlock snieden!"

Wecken Dag?

Herr Oberstleutnant Wellentin,
De Irst un Öbbelst in Swerin
Von all de hogen Herrn Schandoren,
Seet still in sienen Achtergorden
Un fohlte sick dor recht tofräden,
Wie dat so'n swier geplagter Mann
Mitünner ok verlangen kann,
Un freute sick up siene Ort. –
Dunn ward dor dörch de Gordenport
'ne Ollsch von 'n Land'n rinnerträden.

„Gu'n Dag ok! Kam ick hier woll recht?
Sünd Sei de Öbberst, as man seggt,
Von all de hogen Herrn Schandoren?
Dat Mäten säd, Sei wiern in'n Gorden!"

„Ja, liebe Frau, das wird schon stimmen,
Was bringen Sie denn Schönes mit?"

„Herr!" seggt de Ollsch, „ick bün Fru
Grimmen,
Mien Mann is Vagt in Dümmerhütt,
De Kirl ward so vergätrig sien.
Dor is he körtens mit uns' Swien

Nah 't nächste Dörp mal röwerföhrt,
Un dorbi hett em dat mallürt,
An sienen Wagen wier kein Namen,
Un Unglück möt jo ümmer sien!
An dissen Dag würd' von Swerin
Ein von de Herrn Schandoren kamen.
Nu heet dat: drei Mark Straf betahlen!
So 'n Mann hett kein Geföhl mit einen,
Up so'ne Ort sick Geld verdeinen,
Den Kierl müßt jo der Deuwel halen!"

Herr Oberstleutnant kriggt dat Lachen:
„Ja, liebe Frau, das tut mir leid,
Doch das hat seine Richtigkeit.
Da kann ich leider auch nichts machen,
Die Vorschrift ist nun einmal so!"

„Jä, Herr, dor segg ick ok nix to,
Wat sall ick mi dorgegenleggen!
Doch mücht de Herr mi nich mal seggen,
An wecken Dag dit wäsen dehr?"

„Wozu denn das? – Ich fürchte sehr,
Dagegen läßt sich gar nichts tun,
Die Sache lassen Sie nur ruhn.
Die Strafe ist ja auch nicht groß,
Manch einer wird viel mehr noch los!"

„Jä, Herr, dat is jo, as ick segg,
De Daler is jo ok all weg.
Dat sall mi ok nich mihr verdreiten,
Un hoffentlich passiert 't nich
wedder!
Doch mücht ick giern den Dag hüt weiten,
Sei hemm den Kram doch in de Fedder!"

„Ja, liebe Frau, das hab ich wohl,
Doch was dies Ihnen nützen soll,
Das kann ich wirklich nicht entdecken!
Was wollen Sie damit bezwecken?
Das Geld ist doch schon einkassiert!"

„Jä, Herr, den Dag, as dit passiert,
Den hett uns' Vadder jo vergäten.
Behöllig is de nich 'n bäten.
He feuhrte dunn doch mit uns Swien,
Dat würd' jo uns' oll Sög doch sien!
De bruschte sick dunn grad wat trecht,
Un Vader hett s' nah 'n Kämpen bröcht. –
Dat is nu blotsen, dat ick weit,
Wennihr uns' Sög nu farken deiht!"

De Middagsmahltied

Oll Bäudner Beggerow in Böken
Würd Fründschaft in Swerin besöken.
Un wat em hier nu all passiert
Un wat he harr vertellen hürt,
Dat würd nu bäten öwerdräben
In 'n Kraug von em tau'n Besten gäben:

„Nee", seggt he, „Kinnings, in Swerin,
Dor ward 'ne dulle Wirtschaft sien,
Un 't düllste is dat Middagäten,
Dor ward den ganzen Dag bi säten.
So henne twölben fangt dat an,
Denn ett tauierst de Arbeitsmann
Un wat so Schauster is un Snieder,
Un denn geiht 't so bilütten wierer.
Klock twei, denn kümmt de Stadtsektier,
De Herr Burmeister ett Klock vier.
De Herren Leutnants up de Meß,
De kriegen dat so henne söß.
Un wenn för uns dat Beddgahnstied,
Denn is Herr Exzellenz so wied.
Je höger dat de Minschen stiegen,
Je later ward'n se Middag kriegen!"

„Wo is dat minschenmögelich!
Nee, Nahwer, dat begriep ick nich!“
Seggt Scheper Swank tau Hüsler Burren,
„Wat würd uns denn de Mag woll knurren,
Un dorbi ward noch feste sapen
Un denn mit vullen Magen slapen!
Nee, Kinnings, dat is Öwerdrieben!
Denn will w' hier man in Böken blieben!“

Un Burn un Bäudners üm em her,
De swögen, wo dat möglich wier,
Dat nachts de Lüd dor Middag eten.

„Nu äwer mücht ick blot noch weiten“,
Seggt Hüsler Burr tau Bäudner Risch,
„Wennihr geiht Friedrich Franz tau Disch?“

„Mit Friedrich Franz“, seggt Beggerow,
„Is lieksterwelt dat äbenso.
De hett 't nu äwer noch väl leeger,
De is jo noch 'n Strämel höger,
De kriggt sien Happen Middagsbrot –
Ick mein, dat geiht me' Läw nich gaud –
Un wenn de Mag em knurren mag,
Ierst ümmer 'n annern Vörmiddag!“

De klauke Jung

De gnädige Komtess von Hahn
Ward mal de Dörpstrat runnergahn,
Wo all de Wiewer mit ehr Lütten
Breitbeinig vör de Husdör sitten.
Komtess spreckt gnädig af und an
Ok mal eins mit den lütten Mann.
Un fangt ok hüt mal an to snacken:

„Wo geiht 't Ehr denn, Großmudder
Knaken?
Kann denn de Lüttste ok all lopen?"

„Ja, gnädig Frölen, unverropen!
Un wat de Bengel all all weit,
De weit von allens all Bescheid!
De kann ganz grugelig behollen,
Un snacken kann 'e as son Ollen!
Un wo 't den Jungen einmal lett'!"
Un wischt de Näs em mit de Schört,
„Dat würd ick mit kein Kind beläben,
So 'n klaukes Kind kann 't narnich gäben,
De pohlt dat Blag von 'n Häben runner!"

„Denn is he woll dat reine Wunner!“
Seggt de Komtess to Mudder Knaken
Un ward den Jung de Backen straken.
„Na, mien lütt Jung, denn kumm mal her!
Wat kann de Lütt denn all för Würd?“

„Jä, gnädig Frölen, hüren S’ mal to,
De räd’t up dal, als müt ’t man so!“
Un ei’t un kloppt em hinnen vör,
„Mien Küking, mien lütt Hannejöking,
Wo seggt denn ümmer Dien lütt Pöking?“

Hannjöking makt ’ne kruse Snut,
Un treckig kümmt ’t ut ’t Münning rut:
„Puu – – – up!“

De Ramm

As Mudder Wittsch dat harr malürt,
Na, sowat harr noch keiner hürt.

Se harr noch ümmer 'n Goldstück hatt,
Un so ein Flinkfläut ut de Stadt
Wier bi ehr west un harr ehr seggt,
Dat Goldstück wier jo gor nich echt.
Dat wier vergüllt. Mit den Dukaten
Harr se sick bös mit ansmiern laten,
De wier jo blot man anlackiert,
De wier kein föftig Penning wiert.
Doch wull he ehr gefällig sien,
He wüßte einen in Swerin,
De söcht' grad disse Dinger äben
Un würd noch twintig Mark för gäben.
Na, as dit Mudder Witten hür,
Lichtglöwig, as se einmal wier,
Dunn stünn s' as Bodder an de Sünn,
Wo sowat einmal angahn künn,
Un wat 't för slechte Minschen gew,
Un dat ehr denn nix öwerblew,
Un harr de twintig Mark denn nahmen
Un wier so üm ehr Goldstück kamen.

As 's abends kem ehr Mann von'n Feld'n,
Würd se em furts den Kram vertell'n.
De äwer hett schön upbegiehrt:
„Tweidusend Mark is 't Goldstück wiert,
Un Du verköffst dat för so 'n Quark?
För lumpig lusig twintig Mark?"
Un up den Disch würd he nu slagen
Un kreegen beid sick bi den Kragen
Un würd ein Strieden un ein Kawweln
Un würd ein Schimpen un ein Zawweln,
Un ganz in Raasch kem Mudder Witten,
As wier s' ein ut die söben Bitten.
Un as s' in 'n düllsten Toben wier,
Up einmal säd s' kein Wurt nich mihr.
Se bäwerte vör Gall un Wut,
Doch nich ein Starbenswurt kem rut.
Ehr Mulwark güng blot tau un apen,
Dat leet, as harr de Slag ehr drapen.

Oll Vadder Witt würd doemlich kieken
He würd sien Ollsch an 'n Kopp
rümstrieken.
He rew un kneep ehr in de Backen,
Doch all vergäws, se künn nich snacken,
Se jappte blot in einen furt,

Doch tau verstahn wier nich ein Wurt.
Em würd ganz leeg mit einenmal:
„Ick lop mal nah 'n Apteiker dal,
Viellicht weit de ein Middel för?"
Un ruter wier he ut de Dör.

Sühso, dor seet Fru Witten,
Müßt still up ehren Lähnstauhl sitten
Un künn nich seggen Ja un Amen,
Un dat wier blot von 't Argern kamen.

Nah korte Tied kümmt Vadder Witt
Un bringt so 'n lütte Buddel mit:
„Ich heww wat krägen, mien lütt Küken,
Hier süsst Du düchdig mal an rüken.
Du harrst den Ramm woll in de Backen,
Un männig Fru harr 't so all gahn,
Tiedläbens blew ehr Mulwark stahn.
Jä, Mudder, denn wierst schön in'n Bruddel,
Doch düer is disse lütte Buddel.
De oll Apteiker süll sick schämen,
De würd dor hunnert Mark för nähmen."

Oll Mudder Wittsch kickt up ehrn Mann,

Denn kickt se stier de Buddel an,
Se ritt dat Mulwark sparrwiet apen,
As harr noch mal die Slag ehr drapen.
Se kriggt dat wedder mit dat Jappen:
„H-h-h-hunnert Mark – för dit lütt
Happen?“
Un piel tauhöchten fohrt se denn,
„Bring fix dat Schiet em wedder hen!“

De beiden hemm sick sülwst verfiehrt,
Mit 'n Mal wier Mudder Wittsch kuriert,
Dat Mulwark güng up olle Wies',
Dat möken de Apteikerpries'.

Kein Hülp an

Oll Köster Suhr giwwt Räkenstunden
Un hett denn ok bald ruterfunden,
Dat Heiner Lüth bi 't lichtste Räken
Noch alle Ogenblick bliwwt stäken.

„Jä, Hein, im Rechnen bist man swach!
Na, paß mal auf, ich helf Dich nach,
Ich will 's am Beispiel Dir verklären,
Dann soll es gar nicht lange währen,
Dann kannst Du 's auch, mein lieber Hein. –
Zum Beispiel mal, Ihr slacht' ein Swein.
So 'n Swein hat Schinken, is doch recht?
Du weißt doch, Schinken smeckt nich slecht,
Noch zu von Euch, zu Butterbrot,
Dein Mudding füttert tüchtig Schrot.
Na, einen hängt sie in den Rauch
Und gleich darauf den andern auch.
Woviele tun im Rauch nu hängen?"

„Dat weit 'ck!" seggt Hein, „dat kann'ck
Sei seggen,
Dat heww ick noch hüt morgen seihn:
Dat is tosamen blots man ein!"

„Oh, Heinerich! Da denk mal nach,
Hängt nicht der andre auch im Fach?“

„Jä“, grient nu Hein, „dat wier ’t man äben,
Den müßt mien Mudder Sei jo gäben
Un Wust ’nen ganzen Armkorf vull,
Un Vadder säd, ’t wier rein dull!

So ’n Slukraw!“ – „Still!“ seggt Suhr
verstürt,
„Das Beispiel stellte ich verkiehrt.
Dies Beispiel paßt nicht ganz hierher. –
Na, hör mal weiter, ich weiß mehr:
Ich hätt Euch neulich doch besucht?
Da hattest Du in einer Bucht
Auch ein Kaninchen, wie ich sah.
Nu pass mal auf! Eins hast Du da,
Und dieses jungt noch eins dazu.
Woviel Kaninchen hast Du nu?“

„Jä!“ grifflacht Hein, „mi können S’
nich meinen,
Dann hätt ich liekerstens man einen.“
Un giwwt sienen Nahwer Korl ’nen Fuck.
„Ich hätt jo doch man blots ’nen Buck,
Un Bück, Herr Suhr, die jungen nicht,
Ick glöw nich, dat mien Buck weck kriggt.“

„Ach so!“ seggt Suhr un kickt nich slecht.
„In einer Art, da hast Du Recht,
Da läßt sich gar nichts gegen sagen.
Denn muß ich Dich noch anders fragen.
Doch diesmal kommst D’ mir nicht vorbei:
Du Hein, Korl Diehn gibt Dich ein Ei,
Und ich leg’ noch ein Ei dazu. –
Woviele Eier hast Du nu?“

Dit will nu Heinern spaßig schienen,
He makt so recht vergnögte Mienen:
„Herr Suhr, das macht zusamm’n ein Ei!“

„Du Dummerjahn bleibst woll dabei!
Wie kommst auf eins? – Eins hattest Du,
Ich legte doch noch eins dazu.“

„Ja, Se!“ lacht Hein, „Se könn’ väl seggen,
Se können jo gor kein Eier leggen!“

Apen maken

Ein groten Sleif wier Heiner Pingel,
Ein ganzen zackermentschen Slüngel,
Un fustdick harr he 't achtre Uhren.
Dorbi dehr he so ganz verluren
Un harr doch, ihr' man 't sick verseehg
Un ihr' man richtig Klauk in kreeg,
Sogor de plietschen Lüd to'n Burn.

So kümmt einst Heiner, as wenn 't brennt,
Bi Kopmann Schütten angerönnt
Ganz iewrig mit so'n ihrlich Mien,
As müßt dat wat Apartes sien.
Un dat to so'ne Klockenstunden,
Wo stief de Laden stünn vull Kunden.

„Herr Schütt, ick bün dor äben in Striet,
Nu seggen Se mal, üm wecker Tiet
Se morgens ümmer apen maken!"

„Jä, Hein, Klock fief ward ick all waken,
Un wenn 'ck ierst wak, kann 'ck nich
mihr slapen,
Un so üm sößen mak ick apen."

Uns' Heiner ward so niepern kieken
Un dorbi nah de Dör ranslieken:
„Denn denken S' morrn an mi, Herr
Schütt!
Maken S' mi Klock söß 'n lütten Apen
mit!"

Dat Wedderseihn

Einsam un trurig up 't Regal
Stünn Dag för Dag Klas Bolzendal,
Stünn mit den Bierkraus in de Hand
Un dacht an Köm un Waterkant.

„O Hein Lebahn, o Hein Lebahn,
Wat lettst Du mi alleinen stahn!
Nu bün ick all twei Johr allein.
Hett keiner mienen Maaten seihn?
Wi hölen ümmer tru tausamen,
Nu sünd wi uteinanner kamen.
Wo mag dat Oas sick rümmerdrieben?
He is tau ful, 'nen Breew tau schrieben
Un ok tau dumm in disse Saken,
Versteiht nix as drei Krüze maken.
Ick heww mit em an 't Bollwark stahn,
Ick bün mit em nah Flandern gahn,
Heww mit em krüzt üm 't Kattegatt
Un heww em oft tau'n Griesen hatt.
In 'n Fleetenkraug heww 'ck mit em säten. –
Segg, Hein, hest Du mi ganz vergäten?
Söll'n wi uns gor nich wedderdrapen?
Büst Du in 'n Ozean versapen?
Verdammi, Hein, wat mök dat Spaß,

As Du noch sööpst mit Dienen Klas!
O Hein, dat is nu all nich mihr,
O Hein, wat is dat Hart mi swier!"

Un Klas kriggt mit den Priem dat Rögen
Un ward 'ne Tran ut 't Og' sick drögen.

Doch annern Morrn, wat möt he seihn?
He is jo gor nich mihr allein.
Dor näben em, as müt't man so,
Steiht Hein Lebahn un grient em tau.
Klas ritt de Ogen sparrwiet apen:
„O Hein, ick denk, Du büst versapen,
Nu segg mal blot, wo hest Du stäken?
Mi würd binah dat Hart all bräken.
Wo kümmst Du her, Du Slöpendriewer,
Wierst wedder bi de Britenwiewer?"

„Dor swieg von still", seggt Hein Lebahn,
„Mi hett 't verdammi klötrig gahn.
Dor würd so 'n Nägenklauken sien,
De greep mi up in Preußsch-Berlin,
Verstehste, so in Friedenau,
Un hett mi inspunnt, Gottverdau!
Un hett mi up 'ne Bord henstellt
Un hett von mi und Di vertellt,
Un datt wi grote Briten wieren. –

O Klas, ick künn vör Wut krepieren,
Un hett so männig einen nahmen,
Mi äwer leet he keinen kamen,
Un 'ck harr so 'n Jieper un so 'n Döst,
Nee, Hein, dit harr nich kamen mößt!
He nehm dat Kömglas, Gottverdau,
Un säd denn: Prost! Un drünk mi tau.
Mi äwer leet he nich 'n bäten,
O Klas, dit kann 'ck em nie vergäten!"
„Dor plins' doch nich, wat sall dat Weinen,
Dor hest mienen Kraus un drink ierst einen,
Du Supbütt", seggt nu Klas un lacht,
„Du hest woll blot an 't Supen dacht.
Wo kannst Du up den Minschen schellen,
Dat ward 'nen dägten Pommer sien
Un is nich burn in Preußsch-Berlin,
Is plattdütsch Ort un meint dat tru
Un is so'n Kierl as ick un Du."

„Nee, nee", seggt Hein tau sienen Maaten,
„Datt he mi so hett sitten laten,
Dat kann 'ck nu einmal nich verdrägen,
Bald harr ick em in 't Nackhoor krägen
Un em betahlt mit'n Schippertau,
So wier tau Mod mi, Gottverdau!

Taun Glück keem Mudder Klickermann
Un seehg mi stahn und keek mi an
Un hett tau Willem Henschel seggt:
‚He ward nu fein in Watten leggt
Un denn mit runner nah Swerin,
Sien Fründ ward all ganz trurig sien.‘

Un Willem säd: ‚O Hein Lebahn,
In Tranen lat ick Di nu gahn,
Doch heww ick Rudolfn Di verspraken
Un dörf nu kein Sperenzen maken.
Segg em denn all's, wat wi hier möken,
In 'n Sommer wull 'ck em ok besöken. –
Säd mi Adschüß un würd denn weinen
Un güng an 't Schapp un nehm ierst einen.
Nu bün ick hier, nu sühst Du mi,
Tiedläbens bliew ick nu bi Di!‘“

„Verdau!“ seggt Klas, „mi ward dat krupen,
Wi will'n mal beid up Willem supen!“
Se stöten an, de Bord ward bäben:
„Prost Willem Henschel, Du sast läben!“

Uns' Fründ, oll Köster Klickermann

Uns' Fründ, oll Köster Klickermann,
Treckt sick den swarten Kledrock an
Un halt den siden Haut sick rut
Un putzt sick, as wull he tau'r Brut.
Un as dit Weswark süht sien Fru,
Dor swiggt sei ierst un denkt: Nanu,
Wat fangt mien leiwe Klickermann
Denn hüt man för Maföken an?
Doch as hei nah den Stock nu langt,
De binnen in de Wandklock hangt,
Dor kann s' ehr Mulwark nich mihr törn'n
Un löppt denn ut de Kök nah vörn
Un röppt: „Wat sall mi dat denn heiten?" –

„Nee", seggt de Oll bedächtiglich,
„Ein Vagelschießen is hier nich,
Doch will ich mir 'n Vagel musen
Un will ihm in die Federn tusen,
Ich mit Korl Beggerow zusam',
Un damit denn Adschüß, Madam!" –

„Holt stopp!“ seggt äwer nu de Ollsch,
„Du büst mi hüt woll ganz katholsch,
Wat hett de Kram mi tau bedüden?
Datt Du so geihst, dat kann ’ck nich lieden.
Ierst seggst Du mi dat fixing an!“
Un packt em an de Rockslipp an,
Un wat de Oll ok biert un deiht
Un mit de Arms un Bein rümsleiht,
Sei räd’t em tau un hölt em ok
Un hett ok noch dat Schötteldok.

„Na“, seggt hei, „denn will ich Dir’s sagen,
Wir wollten einen Kerl durchslagen.
Wir wollten beide zu ihm gehn
Und ihm das Leder mal besehn.
Ich halte ihm, un Korl der sleiht,
Bis ihm die Flausen ausgebläut.
Der Kerl, der wohnt da bei Swerin
Un is mich doch ein großes Swien,
Denn er hat alle so’ne Mucken
Un läßt sich ümmer Bücher drucken,
Die er denn Burrkäwers beheißt,
Un darin steht denn allermeist
Von mir gewöhnlich auch was in,

Un auch Korl Beggerow is drin.
Da steht was drin von Katzen hissen,
Un denn auch sollte Korl nich wissen,
Daß jeder Mensch fünf Sinnen hat,
Un denn auch sonst noch dummen Prat.
Glaubt er, das macht uns beiden Spaß?
Er is doch einen großen Klaas!
Er bringt uns beiden ins Gered,
Un jeder Nahwer still hier steht
Un sagt: ‚Kiek, Köster Klickermann
Kuckt sich den schewen Globus an.‘
Den Kerl, den soll der Teufel holen,
Dem woll'n wir schön das Fell versohlen.“

„Man ruhig, Vadding“, seggt de Fru,
„Was ich nu sag, das hör mal zu!
Bliew Du man leiwer hier bi mi,
Denn ierstens, glöw ick, sleiht hei Di,
Denn hei is bannig inne Wehr,
Un wo er slägt, da wächst nix mehr.
Un Du machst denn ein groß Gejaul.
Denn hei is grot as König Saul.
Un tweitens sett't hei furts sick hen
Un schriwwt en nieges Läuschen denn,

Denn dormit is hei fixing prat,
Un dat giwwt denn ierst recht Salat.
Un büst Du noch nich in 't Gered,
Denn kümmst Du rin, furts uppe Städ." –

Oll Klickermann, de sinnt un steiht
Un leggt den Finger an de Snut
Un denkt, wenn di de Kirl nu sleiht,
Denn treck 'ck den Rock man leiwers
wedder ut.
„Du hast woll recht, ich bleibe hier,
Sünst kam ich nochmals ins Geschmier!
Di, Kirl, is allens tautotrugen,
Du büst mich einer von die Rugen!
Doch leed deiht 't mi, datt dormals an de
Küst,
Du Aas nich ok versapen büst!"

Ich bin der Küster Klickermann

(Hochzeitsgedicht)

Verzeihung, wenn ich stören täte,
Indem, daß ich hier abends späte
So mir nichts, dir nichts ungeniert
Zu Ihnen käm hereinspaziert.
Man höre, mit Verlaub, mich an:
Ich bin der Küster Klickermann
Un habe Urlaub mir genommen
Und bin so quasi hergekommen,
Weil hinterrücks mir hinterbracht,
Es würde Hochzeit hier gemacht.
Ein solches Fest, geliebten Gäste,
Das ist das schönste aller Feste
Und hätt 's am eigen Leib erfahren,
Indem vor so und soviel Jahren
Ich selbst in das Verhältnis kam
Und Dürten Struck zum Weibe nahm
Und ist mir dies zu Nutz und Frommen
An Leib und Seele gut bekommen.
Und bin ich heut ein alter Mann,
Der, wie er möchte, nicht mehr kann,
Vergeß ich es doch nimmermehr,
Wo schön der erste Anblick wär,

Wenn man mit seiner Frau allein
Zum ersten Mal tät selig sein.
Ich sage dies so nebenbei,
Indem, daß es ein Beispiel sei.

Nun aber ist 'ne eigen Sache,
Warum ich mich so breit hier mache:
Zum ersten kenne ich die Braut
Und hätt ihr auch ins Aug geschaut.
Und zweitens ist sie es gewesen,
Die oft von mir was vorgelesen,
Denn hier im Lande sitzt so'n Klas,
Dem macht es einen Heidenspaß
Und ist 'n ganzen schlimmen Gast
Und hätt ein Buch von mir verfaßt.
Und was die Braut, die hat gemeint,
Sie hätt vor Lachen laut geweint,
Und darum bin ich ihr gewogen
Und fühle mich hierhergezogen.

Auch kenne ich den jungen Mann,
Indem er sich hier ab und an
Zu einer Atzung stellte ein
Und könnt auch noch was andres sein.
Ich halte ihn für ein Genie,
Indem, daß er sich um Chemie
Und lauter dwatsche Sachen quält,

Wofür mir das Verständnis fehlt.
Ich kenn das nicht, ich sage bloß,
In Sprüchen hätt er nicht viel los.
Nur eine Sorte hat er gern,
Die sind von Krischan Morgenstern.

Nun wissen Sie, warum ich kam,
Und sprech zu Braut und Bräutigam:

Da sitzt sie ja, die Erna Jahn!
Jä, Kind, nun ist 's um dich getan,
Nun kömmt der Stand der heilgen Ehe
Mit seiner Lust, mit seinem Wehe.
Heut abend sitzt du glatt und schier
Und in den Augen funkelt 's dir.
Man kömmt dir noch mit andern Sachen,
Du wirst noch schöne Augen machen!
Nun willst du fort nach Preußsch-Berlin
Mit allen deinen Plünnen ziehn?
Ich wünsche dir von Herzen Glück,
Du denkst noch männigmal zurück.
Das Waldhaus, liebe Erna Jahn,
Hat dir es einmal angetan.
Sagst du Ade dem lieben Haus,
Dann zieht der gute Geist hinaus,
Der unermüdlich, Jahr für Jahr,
Der Eltern Stab und Stütze war.

Du warst für alle, Groß und Klein,
Der helle, goldne Sonnenschein.
Zwar hätte jemand mir gesagt,
Er hätt sich mit dir abgeplagt,
Du wärest voller Falsch und Fehle
Und hättest eine schwarze Seele
Und tätest ihm so gerne weh
Im Pumpenhaus am Ziegelsee
Und schriebest ihm ein Briefelein
Und macht er 's auf, dann wär nichts drein.
Jä, Erna Jahn, dann ist es gut,
Daß man dich bald verfreien tut.
Paß auf, es wird dich in Berlin
Noch mächtig nach dem Waldhaus ziehn.
Na, Preußsch-Berlin ist ja nicht weit
Und ist für dich 'ne Kleinigkeit,
Und alle Naslang heißt's: Hurra,
Die Erna Jahn ist wieder da!
Fürs erste aber mußt du bleiben
Und mußt dem Mann die Zeit vertreiben
Und mußt mit Liebe und mit Lachen
Dem Mann es recht gemütlich machen.
Vor allem in den ersten Wochen
Mußt du ihm schöne Happens kochen.
Gib jeden Morgen ihm sein Ei,
Sollst sehn, du stehst dich gut dabei.
Und willst du nicht, als er so will,

Dann halte deinen Schnabel still.
Die Liebe tut gar schnell verfliegen,
Wenn Weiber erst das Zaffeln kriegen.
Denk immer dran, der Mann hat Recht,
Er ist das stärkere Geschlecht,
Und du bist von der Weiblichkeit
Und weißt von Mannskram nicht Bescheid.
Und sitzt du denn mal ganz allein
Und stellt sich gar das Heimweh ein,
Dann fang nicht gleich zu heulen an,
Dann hol dir „Köster Klickermann"
Und kannst aus ihm 'nen Strämel lesen,
Er ist doch stets dein Freund gewesen
Und ist und will es immer bleiben
Und möcht dir gern die Zeit vertreiben. –
Im übrigen, du junge Braut,
Nicht bange und auf Gott vertraut!

Nun aber käm zum andern ran,
Mein Freund, der junge Ehemann.
Jä, da wird mir was ängstlich bei,
Indem, daß er ein Dokter sei.
Nicht für die Menschen und das Vieh,
Er doktert bloß so in Chemie.
Doch, wie gesagt, aus diesen Sachen
Kann ich mir keinen Vers aus machen.
Er ist zu plietsch, das ist es eben,

Ich möchte keinen Lack mir geben,
Doch sei ihm eben wie ihm sei,
Als Küster red ich frank und frei:
Geliebter Freund und Dokter Paul,
Es war einmal ein König Saul,
Und ob er schon ein König war,
Benahm er sich sehr sonderbar
Und machte allerhand Spijök
Und glaubt' an Hexen und an Spök
Und daß er in die Hölle käm
Und war ein großer Nasobem.
Was hätte diesem Mann gefehlt?
Er hätte sich zuviel gequält
Mit allerhand Kamedikram
Und was ihm in die Finger kam.
Bloß einen Teil hätt er vergessen,
Hätt nie bei seinem Weib gesessen.
Für ihre holde Weiblichkeit
Hätt er gewöhnlich keine Zeit
Und war in Liebe träg und faul.
Und woans ging es König Saul?
Er hätt nach einer großen Schlacht
Sich eigenhändig umgebracht.

Und die Moral von der Geschicht?
Du hast fortan die große Pflicht,
Tust du dir eine Gattin frei'n,

Tagtäglich um ihr rum zu sein,
Indem, daß sie das gerne hat.
Vor allem, wenn was in der Flat,
Du weißt woll, was ich meinen tu,
Dann mußt dich haben immerzu,
Als ob von Porzellan sie wär,
Die Frauen lieben so was sehr.
Doch bist du in der Liebe faul,
Dann geht es dir wie König Saul.

Und dann auch noch aus anderm Grunde:
Dies ist für euch 'ne Scheidestunde,
Da ziemt es sich zurückzusehn,
Woans dies alles ist geschehn:
Du bist vor soviel Jahr und Wochen
Ins Waldhaus einfach eingebrochen
Und hast im Hause rumgekuckt,
Und da hat 's bei dir aufgebluckt,
Und da ist dir der Plan entstanden,
Die eigne Tochter auszuspannen.
Das Kind, das Jahns sich Tag und Nacht
Mit vieler Mühe groß gemacht.
Was aber hat das Kind gesagt?
Die hat das grade so behagt,
Indem sie so was gerne sah,
Die Mädchens wären dazu da.
Nun laßt ihr euren Vater sitzen?

Laßt Muttern in der Küche schwitzen?
Und ihr gebt Dinge an den Tag,
Was mancher gar nicht sagen mag?
Du aber hast die Schuld daran,
Drum sag ich dir als Ehemann:
Stets soll dir das Gewissen schlagen,
Dein Weib sollst du auf Händen tragen
Und sollst den ganzen Tag nicht stehn
Und machst $C_6 O_5 H_{10}$.
Wenn du auch bist ein Chemerich,
Dein Weibchen aber mag das nich,
Viel lieber mag sie, wenn du schmust
Und dich so'n bißchen haben tust.
Und wird dein Weibchen bleich und still,
Und wenn es mal nach Hause will,
Dann sagst du ja! und gibst ihr Geld
Und schickst sie in die weite Welt.
Du aber reist am andern Tag
Ihr voller Glut und Sehnsucht nach.
Das hat sie gern, das kannst man glauben,
Dann lebt ihr wie die Turteltauben.

Nun muß ich dir noch eines sagen,
Es hat sich oft schon zugetragen,
Daß junge Weiber hier auf Erden
Mitunter auch rebellisch werden,
Und ist der Ehemann dann schlapp,

Zieht ihm die Frau die Hosen ab.
Wenn das passiert, dann mach dich grad
Und fahr ihr dägt in die Parad'.
Und fängt sie gar noch an zu weinen,
Das will man alles bloß so scheinen,
Doch in der Regel sind wir schwach,
Das stark Geschlecht gibt gerne nach.
Und meistens kommt's, wie sie es will,
Und unsereins hält tapfer still,
Und wenn sie schweigt, dann ist man froh
Und ist auch wohl am besten so.

Nun habt ihr beide euren Teil,
Nun freiet und versucht eu'r Heil!
Es mög zu euerm Eheleben
Der Herrgott seinen Segen geben!
Wenn ich um eins noch bitten kann,
Vergeßt nicht ganz den Klickermann!

Fritz Reuter

Tau sienen 50. Dodsdag – 12. Juli 1924

Fritz Reuter is dod! – Hemm ji ’t all hürt?
De Mann, den alle Welt verihrt.
De „Stromtid“ un „Hanne Nüte“ hett
schräben,
De plattdütsche Dichter, as keinen hett ’t
gäben,
De is nu dod!

So flög de Kund’n
Vör föftig Johr von Mund tau Mund’n
Un flög dörch de Landen un flög öwer de
Ihr,
Fritz Reuter, uns’ Fritzing, de wier nich mihr.

Ein von de ganz Groten wier von uns gahn,
De as kein tweiter dat harr verstahn,
De Wunden tau heilen, dat Weh tau stillen
Un den Gram tau verdrieben un de Grappen
un Grillen.

Ein Hart stünn still, dat so heit harr slagen,
Dat sülwst sienen Packen an Leid harr
dragen,

Un liekers so jung un güllen blew
Un so öwervull an Minschenlew.
Ein Mund würd stumm för ümmer sien,
De Würd uns harr seggt vull Sünnenschien,
Vull Hoegen un Grienen, vull gläunige
Glaud, –
De Mund wier nu slaten, Fritz Reuter wier
dod.

Un de plattdütsche Eik an de Waterkant
Hett trurt – und mit ehr dat dütsche Land.
Fritz Reuter wier dod, doch sien Geist wier
bläben.
All, wat he för uns mit sien Hartblaud
schräben,
Dat wier as ein Saatkurn von eigen Ort,
Un wat he hett seiht, wier dat plattdütsche
Wurt.
Dat wüß un bläuhte un bröchte tau Ihr
Uns' Muddersprak, de ein Stiefkind wier.
De harr'n s' bether öwer de Schuller anseihn,
Ehr hochdütsche Swester, de güll allein,
De prunkte un prahlte, dat anner wier
Trödel,
De plattdütsche Sprak wier dat
Aschenbrödel.
Doch as nu Fritz Reuter ehr Lowleed süng,

Uns' Muddersprak ganz anners klüng.
Dunn markten wi ierst, wo riek wi wiern,
Dunn harr'n wi uns' Heimat noch mal so
girn,
Dunn hemm wi dat spürt: Ein heilig Sak
Is Heimatlew, is Muddersprak!
Mit disse Lew geiht Hand in Hand
De Lew för dat grote Vaderland.
Wenn disse Lew wi nich mihr kennen,
Denn geiht ok dat dütsche Riek tau End'n.
Fritz Reuter hett dorvon seggt un sungen,
Sien Eikbomleed is dörch Dütschland
klungen:
„Wer eigen Ort frie wünn un wohrt,
Bi denn' is in Not ein tau'n besten verwohrt!"

Dit Wurt, dat Fritzing för uns hett schräben,
Sall ümmer uns Weg un Wiesung gäben.

As Fritzing henslöp vör föftig Johr,
In Stolt un Macht stünn Dütschland dor.
De Herr hett uns slagen, Dütschland in Not,
Uns' Stolt is braken, uns' Elend is grot. –
In disse Tieden vull Sorgen un Pien,
Sall uns Fritz Reuter ein Mahner sien:
„Wer eigen Ort frie wünn un wohrt,
Bi denn' is in Not ein tau'n besten verwohrt!"

Up Eigenort uns hüt besinnen,
As Dütsche uns all tauhopenfinnen,
Uns dornah hemm, as Fritzing spraken,
Denn warden ok eins uns' Käden braken,
Denn ward ok wedder Sünnenschien
Öwer uns' armes Dütschland sien.
De Heimatlew, dat is de Brunnen,
Dörch ehr ward Dütschland blot gesunnen!

Fritz Reuter läwt wierer un is nich dod!
De Heimatlew is dat Morgenrot,
Dat öwer den dütschen Häben flüggt
Un hell un heit in die Harten lücht'. –
Dat is de Saat, de Fritzing uns gäben,
Dörch Heimatlew ward Dütschland läben.
Un steiht denn uns' Vaderland grot un fri,
Fritz Reuter, du dröggst dienen Deil mit bi!

De Blaudsugers

Oll Möller Voss tau Woserin
Würd up den Damm nich richtig sien.
Dat Blaud würd oft tau Kopp em stiegen,
He würd dat mit so'n Swinnel kriegen,
Em steek 'ne Krankheit in die Knaken.
He süll doch wat dorgegen maken,
Harr gistern noch de Scheper seggt,
Wenn he nix ded, denn güngt 't em slecht,
He harr em dat all lang'n anseihn.
He wier nich ollich up de Bein,
Dat mök, he harr tau dicket Blaud,
Dorgegen wiern Blaudilen gaud,
Un dor künn Hüser he up bugen,
De würden em dat Blaud afsugen,
In de Apteik künn he de kriegen.
Na, Voss würd up den Wagen stiegen
Un feuhrte runner nah de Stadt,
Steeg af bi 'n ollen Apteiker Klatt
Un bröchte sien Gewarw dor vör:

„Ick glöw, mi sitt wat in de Quier,
Mi ward dat Blaud tau Köppen stiegen,
Kann ick hier woll – Blaudsugers kriegen?"

Nu äwer hett Apteiker Klatt
Taufällig grad kein Ilen hatt. –
„Nee“, seggt he, „dor kann ’ck nich mit
deinen,
Doch in de Neeg, dor weit ick einen,
Ick ward de richtig Städ Se wiesen.“
(Oll Klatt, dat wier ’nen ganzen Griesen
Un harr dat ruter mit dat Tarren
Un harr tau giern de Lüd tau Narren.)

„Se möten nah den Bahnhof gahn,
Schreeg oewer ward so’n Kasten stahn,
So’n grotes Hus – dor is dat Flag,
Dor ’s ein Gelop den ganzen Dag,
Blaudsugers giw ’t dor as verdull,
Dor sünd de ganzen Stuben vull.“

„Na, denn will ’ck dor mien Heil versöken“,
Seggt Voss und ward nah ’n Bahnhof peiken
Un ward dat Hus ok richtig finnen
Un geiht denn rin un steiht nu binnen.

Dat grote Hus, dat ji ’t man weiten,
Dat würd dat Hog Finanzamt heiten.

„Jä“, fangt de Möller an tau snacken
Und ward dorbi sien Kruk utpacken.

„Mi stiggt heil oft dat Blaud nah baben,
Nu maken S' mi mal dissen Haben
Bet baben vull, Se weiten jo,
Blaudsugers seggen se jo dortau."

De Herr Siktier, ein vörnähm Mann,
Kickt em von ünnen bet baben an, –
He weit nich, wat he seggen sall.
„Na, hören Sie, Sie sind woll mall?
Ich bin Beamter, wie Sie sehn,
Wie können Sie sich unterstehn,
Wie überhaupt können Sie es wagen,
Mir solche Frechheit vorzutragen?"

De Möller kickt verbast em an.
„Ick denk", seggt he, „Se sünd so'n Mann,
Apteiker Klatt hett mi doch seggt,
Dit wier dat Flag, hier kem ick recht."
„Was? – Klatt? Der Alte sagte das?
Das wird dem Herrn ein teurer Spaß,
Na, warten Sie 'nen Augenblick."
Un Herr Siktier, de sett'te sick
Un hett tau Protokoll dat nahmen,
Un denn leet he den Slüter kamen,
Un de kreeg Vossen bi den Kragen,
Koppheister is de ruterflagen.

Dat durt' nich lang'n, dunn hett oll Klatt
Up 't Amtsgericht Termin all hatt,
Dat hoge Amt von de Finanzen,
Dat leet nich up de Näs sick danzen
Un wier ok gor nich tau verdenken,
Denn dat würd jeden Minschen kränken
Un müßt em in de Seel verdreiten,
Blaudsuger, so will keiner heiten.
Se würden Klatten bannig kniepen,
Un he müßt in den Bütel griepen,
As Urdel würd em anbefahlen,
Teihn Milliarden Straf tau tahlen.
Wat süll he dauhn, he müßt berappen,
Läd up den Disch teihn bunte Lappen.

Nah'n Wochener vier hett wedder Klatt
Mit dat Finanz sien Wäsen hatt
Un steiht nu vör den Herrn Siktier.
„Ach", seggt he, „wenn Se 't paßlich wier,
Se wiern jo dunnmals ok mit bi
Von wägen de – Blaudsugeri.
Se sünd jo up dat Dack mi stägen,
Ick hew jo ok mien Straf för krägen,
Nu quält mi wat, ick kann nich swiegen,
Kann ick bi Se 'ne Utkunft kriegen?
De Herr Siktier, de kiekt em an:
„Ja, wenn ich sie erteilen kann,
Dann bitte, womit kann ich dienen?"

De oll Apteiker kriggt dat Grienen.
„Jä, weiten Se, so'n dumme Saken
As dunn ward 'ck nie nich wedder maken,
Nu hürn S' mal blot, woans dat kamen:
Se hemm mi doch in Straf dunn nahmen,
De Sak, de kümmt nu noch väl bäder,
Se kennen doch de ‚Fleigen Bläder',
Süh, dacht ick so in mienen Sinn,
Dit is sowat, dit schickst du in. –
Un weiten Se, de hemm dat bröcht,
Nah sowat harrn se lang'n all söcht,
Un hüt krieg ick as Honoror
Föftein Milliarden Mark in bor."
Wat keek venynsch de olle Klatt.
„Nu seggen S' mi mal, wo hett sick dat?
Teihn Milliarden kreegen Se,
Föfteihn Milliarden schickten de,
Fief Milliarden sünd oewerbläben,
Nu söllen Se mi Utkunft gäben,
De Angst vör Straf frett mi as Für –
Liggt up diss Fief nu Ümsatzstür?"

Un wedder griente de Apteiker,
De Herr Siktier würd blaß un bleiker,
Denn grep he nah dat Dintenfatt –
Rut wier Klatt!

In ’t Johr 2000 –

Tau dat Sweriner Künstlerfest an’n 6. Lentmand 1928

Alle Welt fiert Karneval,
Öwerall is Maskenball,
Doch von all’s dat allerbest
Is ’t Sweriner Künstlerfest.
Kinnings, wat ji hüt beläben,
Sowat hett ’t noch gor nich gäben.
Amannullah in Berlin
Ward dorgegen gor nix sien!

Ji kiekt mi so an! Wu hett sick dat?
Du rädst jo dor baben up meckelbörgsch Platt?
Up ’n Künstlerfest? Hett dat ok Swung?
Wu bliwwt denn dor de Begeisterung?
So ’n Künstler, de swäwt doch in ’n söwten Häben.
De Plattdütsche äwer is tranig un äben,
De Künstlers äwer, so ward doch vertellt,
De läben hüt abend in ein anner Welt.
De will’n uns wat wiesen, ’ne grote Sak,
Un du makst di breit mit dien plattdütsche Sprak?
Dat is jo tau’n Lachen, verdreiht is dat,
Dat paßt jo tausamen as Hund un Katt!

Jä, Lüd, an mi hett dat nich lägen,
Ick heww ganz einfach Odder krägen.
Diss Barthold Büche, de wull dat so,
De meinte, dat paßte ganz gaud dortau.
Ick süll up dat Fest un up die Mimen
Man bäten Plattdütsch tausamenriemen.
Süll ok de annern 'n Lütten rieten,
Künn giern se in de Snut mal bieten.
Ick süll man düchtig rannergahn,
Se würden jo doch nix von verstahn.
Un denn säd he, ick süll mi gebieren,
As wenn in dat Johr 2000 wi wieren.
Nu segg mi blot einer, wu sall ick dat weeten?
Ick stamm doch nich af von de ollen Propheten,
Von Moses un David un Salomo,
Ick heww jo ok gor keinen Jieper dorto. –

Stark denken, dat kann ick. Wenn 't dormit is dahn,
Denn will ick as Denker mal vör jug stahn.
Wat denk ick tauierst? – Ick denk, in Swerin
Väl narrscher as hüt ward 't denn ok nich sien.
Un ward ick de Sak mi recht öwerleggen,
In ein Deil kann ick hüt wohr jug seggen:
Sünd rümmer de tweiundsöbentig Johr,
Von uns hier is keiner, is nüms mihr dor.

Wi quälen uns nich mihr üm Juden un
Christen,
Üm Völkisch un Sozis un Kommunisten,
Wi quälen uns nich mihr üm Franzosen
un Polen
Un wat se in 'n Landdag tausamenkohlen.
Wi sünd in 'n Häben denn alltausamen,
Weck mögen jo ok in de Höll rinkamen. –
Un kieken wi achter de Wulken mal rut,
Wu süht üm 2000 Swerin woll ut?

Kein Minsch ward denn tau Faut mihr lopen,
Se burren dörch de Luft denn alltauhopen,
De Frugenslüd all mit 'n Bubikopp,
De Mannslüd drägen 'nen Gretchenzopp.
De Frugenslüd roken dicke Zigarren,
De Mannslüd sünd anstellt bi 't
Kinnerquarren
Un schellen de Tüffel un stoppen de Strümp
Un maken in Mäuschen un
Baukweitenklümp,
Un is nich tau weiten, is moeglich sogor,
Denn kümmt bi de Mannslüd – de Aderbor.

Ick glöw ok säker, dat in Swerin
Dat Rathus nich mihr an 'n Markt ward
sien.
De ganze Kram, de hett sick verschaben,

Dat Rathus, dat steiht denn in Ostörp baben,
De Ostörper Buern verstahn disse Saken,
Hemm ganz Swerin den öwerslaken.
Ok Vadder Lau hett Recht wedder hatt,
De Papendiek is ein Fomilienbad,
Kaninkenwierer is mückenfri,
Bi de Wiererschossee äwer sünd s' ümmer noch bi.
Kein Minsch denn mihr up dat Finanzamt schellt,
Dat Staatstheater, dat swemmt in Geld.
De Herr Intendant, de grüwelt un sitt
Un weit denn kein Lock, wohen dormit,
Un giwwt sien Solisten, dat is kein Hohn,
Dreiduwwelte Gage as lüttste Pangschon.

Ji schürrt mit den Kopp, as denkt ji in 'n Sinn:
All's will'n wi di glöwen, dit dröppt nich in!

De richtige Künstler, de möt sick ok plagen,
Wu kann sick so einer dat Liew vullslagen,
Möt ümmer up seihn, wenn 't suer ok föllt,
Datt de Künstler sien slanke Tallg behölt.

Jä, wenn ji so tau Kopp mi stiegen,
Denn will ick von 't Johr 2000 man swiegen.

Doch ein Sak weit ick un de is bläben:
Uns' plattdütsche Sprak, de ward denn noch läben,
Denn wier uns' Muddersprak vergahn,
Würd ok kein Dütschland mihr bestahn.
Un nu kümmt noch ein Deil dortau,
Worüm ick up plattdütsch räden dauh:

Tau Hoeg und Freud sünd ji all kamen,
Hewwt ji viellicht ok all vernahmen,
Dat 't keinen in uns' Vaderland
So leeg geiht as den Künstlerstand?
Väl dütsche Künstlers sünd in Not,
Nägendusend hemm nich dat dröge Brot,
Nägendusend liggen up de Strat.
Kümmt Hülp nich bald, denn is 't tau lat.
Ahn Stellung in diss leegen Tieden,
Se darben, möten Hunger lieden.
Se sünd de harte Tied nich wussen,
Uns äwer brennt dat Hart in 'n Bussen.
Gegen disse Not möt wat gescheihn,
Wi äwer können dat nich allein,
Un dorüm hemm wi jug all ropen:
Staht hüt uns bi, helpt alltauhopen!
All wat ji gäwt, dat is tau'n Sägen,
Helpt ehr de swiere Last mit drägen.
Sied recht vergneugt hüt alltausamen,
Uns' Bräuder ward 't tau Gauden kamen.

Je mihr ji fiert bi Sekt un Wien,
Je grötter ward de Hülp denn sien!

Ick äwer heww för disse Saken
Up plattdütsch mienen Vers verbraken.
Dat Plattdütsch, dat ji all verstahn,
Mücht dat jug recht tau Harten gahn.
Wi weit'n jo all, dat plattdütsch Wurt
Find't hier tau Land'n den rechten Urt.
Grad denn können wi up Hülp ok räken,
Wenn wi ein Mul vull Plattdütsch spräken. –
Ji äwer sünd meist plattdütsch Kinner,
Hüt griept mal deep in 'n Bütel rinner,
Denn ward Swerin, könnt fast up räken,
In 't Johr 2000 noch von jug spräken.

Jochen as Bedeinter

Major beim Stabe Herr von Degen,
Dei harr en' frischen Burschen krägen.
So 'n richtig'n stieben dummen Peter,
Un Jochen Susemihl, so heit er. –
Un Herr Majur un gnädig Fru,
Dei ständschen un exierten nu
Mit Jochen rüm – un 't wier 'ne Plag'.
Un 't Dümmste wier, dat nächsten Dag
Wull gnädig Fru Geburtsdag fiern,
Un Jochen süll bi Disch servieren. –
„Mein lieber Schatz!" seggt Herr von Degen,
„Ich würd' mir 's doch noch überlegen!
Ich glaube, Du verlangst zuviel
Von Deinem Jochen Susemihl!"
Doch gnädig Fru, dei wull nich hür'n.
Sei wier ok bäten knickerig
Un meint, so dämlich wier hei nich,
Sei wull em ollich insterwieren.
Un würr nu an tau äuben fangen:
Hei müßt von links stets rümmerlangen
Un flott un glatt müßt alles gahn
Un süll ok nich so düsig stahn. –
„Und daß Dir nichts vom Teller fällt!

As harr hei Slag un Unglück krägen.
„Nein!“ bölkt hei los, „nun wird’s zuviel,
Du bist der wahre Susemihl.
Scher Dich hinaus! Laß alles stehn,
Ich will Dich Lümmel nicht mehr sehn!“ –
Ganz ängstlich ward nu Jochen gahn,
Doch in dei Dör bliwwt hei bistahn
Un steiht dor as en armen Sünner:
„Je, Herr Majur, muß ich nu rinner?“
„Worin?“ bölkt dei. – „Sie wissen doch,
Direktemang vom Fleck ins Loch!“

Nachwort

Immer wieder taucht beim Nachdenken über Rudolf Tarnow (25.2.1867–19.5.1933) die Frage auf, wann er wohl mit dem Abfassen der in der Nachfolge von Fritz Reuters „Läuschen un Rimels" stehenden Reimschwänke begonnen und wie lange er sich eigentlich mit dem Aufspüren und Verfertigen dieser literarisch nicht sehr anspruchsvollen, bei den Mecklenburgern nichtsdestoweniger sehr beliebten, weil heiter auf eine Pointe hin erzählten Schwankgedichten beschäftigt habe.

Seine aus dem Jahre 1927 stammende Äußerung: „Ick kreg mit 'n Mal so'n Jieper tau fantesieren", ist zu verschwommen und deutet auf keine bestimmte Zeit hin, in der die Anfänge seiner literarischen Arbeit anzusetzen wären. Fest steht, das Tarnow nicht erst 1910 oder 1911, als der Band 1 der „Burrkäwers" in der Beholtzschen Verlagsbuchhandlung in Stavenhagen erscheint, seine ersten Verse im Läuschenstil geschrieben hat. Und sicher ist auch, daß er entgegen seiner Behauptung aus dem Jahre 1916: „Nu legg ick ut de Hand de Fedder, Burrkäwers schriew ick nu nich wedder" natürlich nicht aufgehört, sondern weitergemacht hat. Das betrifft nicht nur den 1918 nachfolgenden sechsten Band der „Burrkäwers", sondern bezieht sich auch auf die späteren Zeiten. Selbst noch nach dem Gedichtbuch „Ringelranken", 1927, mit dem er den Vorsatz: „Ick mücht ok mal wat anners schrieben!" verwirklicht hatte, kann er sich von den „Brümmers", wie er sagte, nicht lösen, schreibt er immer wieder Reimstücke des Läuschengenres.

Wann aber begann er? Schrieb er bereits während seiner zwanzigjährigen Militärzeit, die 1906 zu Ende ging? Oder erfaßt ihn der „Jieper" zum Schreiben, als er ins zivile Leben zurückkehrt? Fragen, auf die lange Zeit die Antworten schwerfielen und im Grunde nur mutmaßlich gegeben werden konnten. Für die Annahme jedoch, daß Tarnow sich lange vor 1910 im schriftlichen Fixieren, im Gestalten niederdeutscher Texte geübt habe, liefert er selbst gewisse Anhaltspunkte. In seiner 1911 geschriebenen Vorbemerkung zum ersten Band der „Burrkäwers" weisen die Zeilen: „So lang hewwt ji in'n Drögen säten, / mitünner wiert ji all vergäten, / un nu willt ji nah buten rut?" doch ziemlich klar darauf hin, daß zumindest einige seiner Burrkäwers–Gedichte geraume Zeit vor 1911 entstanden sein mußten.

Inzwischen ist bekannt, daß Rudolf Tarnow bereits um die Jahrhundertwende plattdeutsche Gedichte verfaßt hat. Aufschluß brachte der von den Nachfahren des Autors verwahrte Nachlaß. Große Teile der handschriftlichen Hinterlassenschaft befinden sich im Besitz des Enkels Rudolf Tarnows, Uwe Tarnow, in Alfter-Impekoven bei Bonn. Sie enthalten auch jene frühen Arbeiten, denen der Autor das Jahr ihrer Entstehung, ihrer Niederschrift beigefügt hat. Es handelt

sich um die läuschenartigen, etwas breit angelegten Reimschwänke „De Nijohrs-reis'" 1899 und „De afgeblitzte Verlawung" 1900.
Etwa zur gleichen Zeit sind zwei plattdeutsche Gedichte Rudolf Tarnows auch gedruckt erschienen.
Das „Ludwigsluster Tageblatt" veröffentlichte am 9. April 1901 den Hymnus „Unsern Herzog-Regenten Johann Albrecht", und in der Monatsschrift för plattdütsche Sprak un Ort „De Eekbom" findet sich in der Nummer 4, vom 15. Februar 1902, das stimmungsvolle Naturgedicht „Heidland". Beide gedruckten Texte sind keine Beispiele für Rudolf Tarnows später so erfolgreiche Burrkäwers-Läuschen.
Die vorliegende Ausgabe enthält 26 neue Burrkäwers. 21 von ihnen entstammen dem von Uwe Tarnow verwahrten Nachlaß. Sie gelangen hier erstmals zum Abdruck.
Fünf weitere Gedichte gehören zur Tarnowsammlung des Herausgebers. Es handelt sich vor allem um Sonderdrucke

in Einzelblättern beziehungsweise um schwer zugängliche Veröffentlichungen in der Tagespresse, zum Beispiel: „De Immenkur“, „Dei einzigst Rettung“ und „Jochen as Bedeinter“.

Bei der Anlage der Anthologie ist versucht worden, eine gewisse Chronologie zu wahren. Der zeitliche Rahmen, in dem die Texte entstanden sind, spannt sich von 1899 bis 1932. Bei folgenden Gedichten ist das Jahr der Entstehung bekannt: „De Nijohrsreis’“ 1899, „De afgeblitzte Verlawung“ 1900, „Sylvester 1900“, „Papagei-Knäp“ 1902, „Stief gliek“ 1908, „De nige Hoot“ 1910, „De Immenkur“ 1913, „Fritz Reuter tau sienen 50. Dodsdag“ 1924, „Blaudsugers“ 1926, „In ’t Johr 2000...“ 1928, „Jochen as Bedeinter“ 1932. Ihnen wurden die nicht exakt datierbaren Burrkäwers, sorgfältig wägend, zugeordnet. Sie ließen sich weitgehend komplikationslos in die Chronologie der Sammlung einfügen, weil die vergleichende Betrachtung – Form und Art der inhaltlichen Gestaltung sowie Duktus der handgeschriebenen Texte Tarnows – sichere Anhaltspunkte für die Reihenfolge der Gedichte erbrachte.

Die meisten dieser Texte, etwa „Dat Klappnest“, „De Rinnfall“, „De Seepenpill“, „Wecken Dag?“, „De Middagsmahltied“, „Dat verdreihte Gesangbauk“, „Dat Examen“, „De klauke Jung“, „De Ramm“, „Kein Hülp an“ und „Apen maken“, dürften in den Jahren zwischen 1910 und 1920 niedergeschrieben worden sein. Wie in Tarnows früheren „Burrkäwers“-Büchern, den zwischen 1911 und 1914 erschienenen, finden sich auch in dieser Auswahl nicht nur „reine“ Läuschen. Will heißen, nicht nur jene fürs Niederdeutsche so typischen Reimschwänke, die sich überwiegend als gereimte Wandermotive zu erkennen geben und die, wie Jürgen Grambow in seinem Aufsatz „Der Humor entschädigt“ („Kikut“, Neubrandenburg 1988) formuliert, die Vorgänge dergestalt darbieten, „daß die Erwartung getäuscht wird und die Handlung überraschend in eine heitere, also befreiende ... Pointe kippt.“ –

Zu diesen sogenannten „klassischen" Läuschentypen gesellen sich auch hier Gedichtformen, in denen einfach nur heiter oder komisch erzählt wird, ob als Festgedicht, Hochzeitspoem oder gereimte Wanderanekdote. Selbst der Hymnus auf den Altmeister der Läuschendichtung, Fritz Reuter, fehlt nicht, dessen 50. Todestag Rudolf Tarnow zum Anlaß nimmt, seinem großen Vorbild zu huldigen. Was nun dieses Preislied von anderen, die Tarnow um 1910/11 dem großen Stavenhagener gewidmet hat, ganz wesentlich unterscheidet, ist der nationalistische Ton, der unüberhörbar anklingt, wenn Tarnow, das Gedicht ist 1924 geschrieben, unter Berufung auf Reuters Eikbomliedverse: „Wer eigen Ort fri wünn un wohrt, bi den'n is in Not ein tau'n besten verwohrt" an alle Deutschen appelliert, zusammenzustehen, „denn warden ok eins uns' Käden braken". Als Reuter (1874) „henslöp vör föftig Johr, in Stolt un Macht stünn Dütschland dor". Nun sei das Vaterland in Not, der Deutschen

Stolz sei gebrochen, doch in der Liebe zur Heimat werde Deutschland die Kraft finden, wieder „grot un fri“ zu werden.
Nationalistische Züge bestimmen nicht nur Tarnows Kriegslyrik zwischen 1914 und 1918, auch später greifen sie immer wieder Raum in seinen Texten: ob im „Weihegedicht zur Enthüllung des Denkmals der gefallenen Dragoner 1922“, im „Prolog zum Kompaniefest des Infanterie-Regiments 6“ 1926, im „Vorspruch zum Bundesfest der Dragoner“ 1927, im „Gedenkblatt für Herrn Graf Bredow“ 1929 oder im Kalendergedicht „Nijohr 1933“. Dem Geist, dem Tarnow 1918 mit den Zeilen: „Ja, dat mal eins de Weltenrund’n dörch dütsches Wäsen sall gesunden!“ Ausdruck verlieh, blieb er verpflichtet.
Weit weniger laut und hurrapatriotisch äußert sich Tarnow vier Jahre später, 1928, zu diesen nationalen Fragen, wenn er in dem Gedicht „In ’t Johr 2000…“ ironisierend und im Ton gemildert schreibt: „Von uns hier is keiner, is nüms mihr dor. / Wi quälen uns nich mihr üm

Juden un Christen, / Üm Völkisch un Sozis un Kommunisten, / Wi quälen uns nich mihr üm Franzosen un Polen / Un wat se in'n Landdag tausamenkohlen." Zudem vergißt er nicht, in dem Gedicht auf die allgemeine soziale Not im Lande und die besondere Hilfsbedürftigkeit der deutschen Künstler aufmerksam zu machen. Wie überhaupt in vielen der hier abgedruckten Burrkäwers ein Gestus vorherrscht, der vom Gespür des Autors für die Lebens- und Denkweise der kleinen Leute zeugt, nicht nur, wenn zum Beispiel Mitarbeiter vom Finanzamt als Blaudsugers bezeichnet und bloßgestellt werden.

Mag diese kleine Anthologie der bisher unbekannten Burrkäwers-Gedichte Rudolf Tarnows auch den Eindruck des Uneinheitlichen erwecken, weil literarisch Gelungenes schroff neben Schwachem steht, so ist zu bedenken, daß hier der „ganze" Burrkäwers-Autor zu Wort kommt, der Debütant des Jahres 1899 und der nur noch gelegentlich zur Feder greifende, schwer kranke Rudolf Tar-

now von 1932, ein Jahr vor seinem Tode.
Da die Gedichte in einem Zeitraum von mehr als dreißig Jahren entstanden sind, weisen sie Abweichungen in der Schreibweise auf. Tarnow bevorzugte anfangs eine mehr lautgetreue Wortwiedergabe, die er später – wenn auch nicht konsequent – zugunsten einer besseren Lesbarkeit der Texte aufgab. Diese sowie andere Abweichungen in der Orthographie wurden beibehalten und nicht vereinheitlicht. Und viel Unfertiges noch haftet seinen literarischen Erstlingen an. Sie sind zu lang geraten und umständlich erzählt. Tarnow ist sich der sprachlichen Mittel nicht sicher und beherrscht die Technik des Läuschenformens nur ungenügend. Zuweilen führen Mängel im Handwerklichen sogar zu schwer verstehbaren Aussagen, zu Sinnverdunkelungen, wie sie vor allem in dem 1900 geschriebenen Gedicht „De afgeblitzte Verlawung“ vorkommen. Tarnow muß selber gespürt haben, daß ihm seine ersten Läuschenversuche nicht sonderlich

gut gelungen waren. So vermerkt er für die letzten sechs Zeilen der „Nijohrsreis'": „Muß noch geändert werden! T.", ohne allerdings den Vorsatz zu verwirklichen. In anderen Fällen wird deutlich, wie er um die bestmögliche Form- und Textgestaltung gerungen hat. So gibt es für das Gedicht „De Rinnfall„ die Variante „Anföhrt", und für das Gedicht „De nige Hoot" die Vorform „Hei deiht't nich".

Der überwiegende Teil der in dieser Sammlung vereinigten Burrkäwers zeugt von der Gabe Tarnows, komische Situationen des täglichen Lebens aufzuspüren und diese anekdotisch knapp zu erzählen. So hält Rudolf Tarnow als der nach Reuter bedeutendste Läuschenautor auch mit diesen bisher unbekannten Burrkäwers die von H.K.A. Krüger 1919 in „Dat Läuschenbauk" aufgestellte Regel ein: „Die ganze Darstellung muß aber von vornherein lebendig sein und in eine heitere Stimmung versetzen, die am Schluß ihren Höhepunkt erreicht. Das ist ein Grundsatz der Technik des Läu-

schens. Das witzige Läuschen darf sich unterwegs nicht lange aufhalten, sondern muß auf das Ziel losgehen und dieses besonders scharf herausstellen.“
In den meisten seiner Burrkäwers-Gedichte gestaltet Rudolf Tarnow Vorgänge, die er selbst erlebt hat oder die ihm vom Hörensagen bekannt geworden sind. Bei anderen wiederum spielen alte mecklenburgische Erzählüberlieferungen eine Rolle. Geschichten, die schon vor Generationen zum erzählerischen Allgemeingut des Volkes gehörten, werden immer noch und kaum gewandelt, zum Besten gegeben. Auch Tarnow hat teil daran. Als er Kind ist, hört er sie aus dem Munde der Älteren. Tief und fest prägen sie sich ihm ein. Erzählend und schreibend trägt er sie weiter.
Die Volkserzähltraditionen der Heimat werden zu unerschöpflichen Quellen seiner Dichtungen. Daß das Festhalten an traditionellen Erzählstoffen und das aktive Erzählen überlieferter Geschichten auch in Tarnows Elternhaus üblich war, dafür liefert er selbst in seiner Erin-

nerungsskizze „Von oll Tieden un Späuken“ einen anschaulichen Beleg: „As ick noch so’n lütten Jung wier, dunn mücht ick tau giern dor mit bi sien, wenn ’s abends in de Schummerstund’n de Ollen in uns’ lütt Stuw üm den runden Disch seeten, un einer vertellte denn von Späuken. Un dat verstünn keiner bäder as uns’ Vadder. Ick hürte denn so nipp tau un let em gor nich ut de Ogen un heww dat ok all fast glöwt. Denn wat uns’ Vadder vertellen ded, dat wier för mi so wohr, as dat Amen in de Kirch.“
Wie beliebt die Spuk- und Gespenstersagen in Mecklenburg auch waren, das Geschichtenerzählen umfaßte mehr, oft die ganze Fülle an Stoffen und Motiven, die dem Leben und den Erfahrungen der Väter entnommen waren. Das war zu Reuters Zeiten so, und das ist in Rudolf Tarnows Zeiten nicht anders. Wie schrieb doch Ludwig Reinhard, der Freund Reuters, 1853: „Es lebt nämlich im Lande Mecklenburg und geht von Mund zu Mund eine hübsche Anzahl von lustigen, eingebornen Geschichten. Dieselben

sind bekannt von Dan bis Bersaba, d.h. von Ribnitz bis Dömitz. Schon in gar mancher Tischgesellschaft... haben Geschichten, wie sie hier gemeint sind, neues Oel auf die Lampe gegossen und alles wieder hell und munter und alle Zungen wieder mobil gemacht. Immer und immer tauchen die alten lustigen Traditionen wieder von Neuem auf. Was diese Geschichten so frisch und jung erhält, ist der einfache Umstand, daß sie wirklich und mit Haut und Haar geschehen sind. Denn unter allen Humoristen ist das Leben der größte."

Die Lebenskreise und Lebensumstände seiner mecklenburgischen Landsleute aus der Zeit zwischen 1870 und 1930 bilden die Grundlage für die Arbeit Tarnows an seinen Burrkäwers-Gedichten. Er beruft sich dabei auf die eigenen Erfahrungen und die Erzähltraditionen des Volkes.

Sehr bewußt schließt sich Rudolf Tarnow an die in Mecklenburg oft und gern geübte Läuschendichtung, insbesondere an die „Läuschen un Rimels" von Fritz

Reuter an. Es bereitet ihm viel Vergnügen und offensichtlich keinerlei Schwierigkeiten, in der Art Fritz Reuters Schwankmotive, schwankähnliche Stoffe und andere heiterkomische Vorlagen zu läuschenartigen Gedichten umzuformen. Dabei kommt ihm entgegen, daß er keine Mühe hat, auf leichte Weise flüssige Reime zustande zu bringen. Von Vorteil für ihn ist ebenfalls, daß er, selber ein großartiger Erzähler, von dessen Erzähltalent gar manche Klönrunde profitierte, auch die Fähigkeit geduldigen, interessierten Zuhörens besaß.
Durch die enge Anlehnung Tarnows an mecklenburgische Volksschwanktraditionen sieht er sich auf die heimische Mundart in einer Weise verwiesen, wie diese nur von den einfachen Menschen gesprochen worden ist. Mit ihrer Sprache übernimmt er weitgehend ihre Anschauungen und unbewußt auch ihre Art, die Welt zu sehen und die Verhältnisse zu werten. Diese Sicht, die mit der des kleinen Mannes zwar nicht identisch, doch in Teilen ihr angenähert ist, eröff-

net ihm gute, wenn auch ungeahnte und nicht immer gewollte Möglichkeiten, dem Fühlen und Denken der unteren Volkskreise Ausdruck zu verleihen. Ihrem respektlosen Lachen überantwortet er alle kritikwürdigen Ansichten und volksfremden Lebensweisen der sozial Bevorrechteten in Mecklenburg.

Es herrscht in den Burrkäwers eine Grundstimmung, die sich auf das Empfinden des Lesers überträgt und nahe an die einfachen Volksschichten, ihre Freuden, Nöte und Hoffnungen, heranführt. Die Gedichte sind durchdrungen von einem gesunden Menschenverstand, dem Tarnow fest vertraut und der ihm die so treffsicheren und entwaffnenden Argumente liefert für alle seine Wertungen. Wo dieser gesunde Menschenverstand in Konflikt gerät mit den Unzulänglichkeiten der Gesellschaft, dort gelangt Tarnow zu gültigen, an der Lebenswirklichkeit orientierten Aussagen über Land und Leute im Mecklenburg seiner Zeit.

Herausgeber und Verlag danken Herrn